KB112257

┌─ ★ 돌발 퀴즈 ───┐

앞 페이지의 국수 그림 중 본문에 소개되지 않은 국수 그림이 하나 있

습니다. 무엇일까요? (정답은 판권 옆 페이지에서 확인하세요.)

└──┘

어이없게도
국수

인생의 중심이 흔들릴 때
나를 지켜준 이,

어이없게도
국수

강종희 지음

ㅂㅣ아ㅂㅜㄱ
ViaBook Publisher

국수가 내게로 왔다

마지막 식사로는 국수가 좋다

영혼이라는 말을 반찬 삼을 수 있어 좋다

퉁퉁 부은 눈두덩 부르튼 입술

마른 손바닥으로 훔치며

젓가락을 고쳐 잡으며

국수 가락을 건져 올린다

국수는 뜨겁고 시원하다

바닥에 조금 흘리면

지나가던 개가 먹고

발 없는 비둘기가 먹고

국수가 좋다

빙빙 돌려가며 먹는다

마른 길 축축한 길 부드러운 길

국수를 고백한다

　　- 이근화, 〈국수〉中에서

　달콤하고 잔인한 4월, 서울 토박이 일중독자가 생면부지 낯선 부산에서 전업주부가 되었다. 미쳤냐며 나를 말리던 선배의 말에 따르면 앞만 보고 달리던 경주마가 트랙에서 갑자기 끌어올려져 발굽 푹푹 빠지는 해변에 내던져진 꼴이었다. 여하간 '중요한 건 스피드, 그리고 ROI(투자 대비 성과)!'를 외치며 살아온 15년 차 직장인의 일상에서 이력서에 기술할 수 없는 주부의 일상으로의 전환은 보잉 747기의 불시착에 버금가는 충격이었다.

　부산 생활은, 딱 6개월만 괜찮았다. 충격의 여파가 가라앉고 '나는 자유인' 놀이가 시들해지자 타고난 불안증이 눈을 떴다. '일하지 않는 자, 먹지도 말라'를 평생의 신조로 알게 모르게 강요받아 온 내게 돈을 벌지 않는 주부로서의 삶은 장기간 무단결석만큼이나 불안했다. 게다가 누가 봐도 충격적인 나의 살림 솜씨는 시간이 가도 나아질 줄 몰랐다. 적어도 제 구역은 알아서 깔끔하게 관리하는 우리 집 고양이가 부러울 지경이 었다.

그렇게 1월이 되자 얼음송곳 같은 겨울바람과 함께 반성의 시간이 닥쳐왔다. 회사를 그만두고 불과 반년 만에 나는 누구인가, 지금 어디에 와 있는가를 끝없이 되묻게 된 것이다. 그토록 도망치려 했던 질풍노도의 시기, 마흔의 사춘기를 맞고 말았다. 그 무엇에도 흔들리지 않는다던 불혹(不惑)의 40대는 알고 보니 무섭도록 만개한 양귀비 밭, 아무렇지 않게 존재를 극단으로 몰고 가는 만혹(萬惑)의 시간이었다! 하필 이 위태로운 시기에 나는 생면부지 낯선 공간, 낯선 역할에 꼼짝없이 갇혀 태풍 속 돛단배 같은 처지가 되고 만 것이다.

학교를 졸업하고 주욱 나라는 존재를 규정하고 수식해주던 자랑스럽고 지긋지긋한 나의 일은 남편의 부산 발령과 함께 (물리적인 의미 그대로) 가족의 해체라는 버거운 현실에 부딪혀 결국 떨어져 나갔다. 15년 동안 간신히 마스터한 아이와 나의 일과 남편 사이에서의 줄타기는 이 예상치 못한 한 방에 훅 끊어져 그대로 내 목줄이 되고 말았다. 내가 회사인지 회사가 나인지 모르게 일했던 직장에서 커리어의 정점을 찍을 만한 승진을 하고 난 지 딱 일주일 만에 벌어진 일이었다. 아, 역시나 인생은 예측불허. 그리하여 생은 의미를 갖는다고 했던가.

경력과 인생의 전환점, 마흔의 초입에서 많은 사람들은 마비된 듯 일상을 이어나가거나 용감하게 자리를 박차고 나가 새로운 길을 모색하거나 나처럼 자의인지 타의인지 모르게 닥쳐온 변화 앞에서 혼란에 빠져들기도 한다. 마흔뿐이랴. 소처럼 일하는 서른이든, 방황하는 스물이든, 겨울나무처럼 외로운 쉰이든 누구에게나 삶의 무게는 버겁고 나의 존재 의미는 오리무중인 것을. 겨우내 나는 불안과 조바심에 못 견디는 나를 애써 방치해두었다. 도망치고 싶고 쉬고 싶은 욕구를 인정하며 기다렸다.

그러자 글쓰기의 욕구가 조심스레 고개를 들기 시작했다. 보도자료와 CEO 연설문 등 직업인으로서의 기계적 작문에 지쳐 그간 멀리해온 작업이었다. 나를 들여다보고 진정시키기 위한 수단으로 글쓰기를 시작했다. 해야 할 일들에 밀려 돌아보지 못했던 것들, 내가 좋아하는 것, 하고 싶은 것을 적어볼 생각이었다. 영화, 공부, 책, 아이들, 그래도 내칠 수 없는 일, 많은 것들이 떠올랐지만 어느 것 하나 40년 인생을 긍정하는 데 도움이 될 만큼 꾸준히 옆에 있었던 것은 없었다. 내가 이렇게 빈곤한 사람이었나. 허탈했다. 그런데 딱 하나, 이 혹독한 반성의 시간에도 나를 토닥이는 단 하나의 존재가 남아 있었다.

그건… 어이없게도 국수였다. 적어도 내가 기억할 수 있는 가장 어린 시절까지 돌아가도 분명 내 인생에 있었던 존재, 무언가 추억할 이야기, 함께한 사람이 떠오르는 존재가 나의 일도, 책도, 음악도, 미안하지만 가족도 아닌 국수 너였다니!

　나는 자타가 인정하는 국수 마니아, 그리고 국물의 여왕이다. 어딜 가든 국수를 먹는다. 귀찮아하는 가게 주인의 눈치를 보면서도 반드시 국물과 사리를 추가한다. 딴 음식을 싫어하는 것은 아니다. 여하간 먹는 걸 좋아하는데 특히 국수를 좋아한다. 국수를 생각하니 이야깃거리가 넘쳐났다. 불평, 자기비하, 변명에 압도되지 않는 흐뭇하고 애틋하고 소중한 기억, 소중한 사람들과의 추억이 국수와 함께 차곡차곡 쌓여 있다는 사실이 눈물 나도록 반가웠다.

　무언가를 먹는다는 것, 나의 일부로 소화하고 흡수한다는 것, 나아가 누군가와 함께 나누는 음식은 함께한 그 순간을 잊지 못할 오감으로 기록한다. 먹는다는 것은 결국 보는 것, 듣는 것, 말하는 것, 쓰는 것을 모두 합해도 넘어설 수 없는 몸과 정신을 총동원하는 경험이다. 그렇게 밥상을 함께한 사람들과의 기억이 국수 가락에 딸려 올라오는 흥건한 국물의 훈기처럼 훈훈하고 애틋한 나의 일부가 되었고 역사가 되었음을 이 글을 시작하며 깨닫게 되었다. 또한 개인의 역사란 결국 나를 포함한 누군가와의 소중한 순간들이 이어져 이루어지는 것임을 인정하게 되었다.

　누구에게나 인생의 중심이 흔들리는 때가 있다. 그간 참 남부럽지 않게 바쁘고 성실하게 살았건만 지금 나는 왜 이 모양 이 꼴인가. 버퍼링처럼 같은 말을 반복하는 내 안의 패배감에 가위 눌릴 때 가라앉는 자신을 위해 할 수 있는 일, 그 일을 찾다 나의 거의 모든 순간에 있었던 국수의 존재를 깨닫게 되었다. 그리고 그 따뜻한 국수 한 그릇을 함께한 사람들과의 추억이 혹독한 동면의 시간을 녹일 힘이라는 것도 알게 되었다.

그러니까 이 글은 고단한 삶의 위안으로서 '좋은 사람들과 국수 먹기'의 심리적 치유 효과에 대한 성실한 간증이자, 내 인생의 모든 순간을 지켜준 고마운 존재, 따뜻한 한 끼를 함께해준 모든 사람들에게 바치는 오마주다.

인생의 중심이 흔들릴 때 나를 지켜준 오랜 벗, 국수를 고백한다.

2014년 12월

강종희

차례

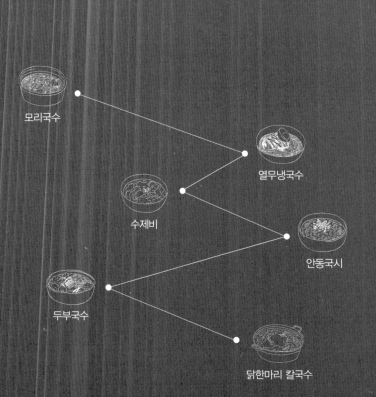

모리국수

열무냉국수

수제비

안동국시

두부국수

닭한마리 칼국수

제1부

국수를 고백한다

인생을 여행하는 면식수행자를 위한 안내서

마음에 이르는 길은 위장을 경유한다.

- 리언 래퍼포트

낯설고 원초적인 생명의 맛, 모리국수

누군가 그랬다. 생선은 낯설고 잔인하다고. 육지의 생명인 나와 다른 세계, 비밀의 바다에서 온 생명을 먹는 행위는 나라는 존재의 생존을 직시하는 행위다. 낯설고 원초적인 바다의 존재, 생선이 그득한 국수 냄비 안에서 우리는 무엇을 발견했던가. '버텨.' 불과 수시간 전에도 넘치는 생명력으로 바다를 헤엄쳤을 아귀가 던진 귓속말은 이랬다.

포항에 가게 된 것은 순전히 아들 녀석 때문이었다. 어느 날 아침, 학교에 가지 않겠다며 여기 말고 어디든 좀 데려가 달라는 아이에게 말문이 막혔다. 어르고 달래고 을러대며 엄마가 동원할 수 있는 모든 설득의 수단을, 아이는 눈물을 그렁거리며 고개를 떨구는 것만으로 물리쳤다. 이 미치고 팔짝 뛸 무저항의 저항에 두 손 두 발 든 나는 그냥 머리를 싸

매고 누웠다가 '끙' 하고 일어나 아이를 데리고 집을 나섰다. 가자, 포항으로! 아이는 두말하지 않고 물과 빵을 챙겨 메어준 가방을 지고 내 뒤를 따라나섰다.

'여기만 아니면 어디든지(anywhere but here)'. 그런 영화 제목이 있었다. 늘 더 나은 곳을 찾아 헤매는 철없는 엄마와 그런 엄마를 붙드는 단단한 닻 같은 10대 딸의 이야기였다. 그 조숙한 딸내미를 이제 기껏 두세 살 차로 따라잡은 내 아들은 갑자기 품 안의 어린아이에서 언제든 훌쩍 딴 세상으로 떠날 수도 있는, 낯선 존재가 되어 있었다. 그래도 무작정 뛰쳐나가지 않고 내게 SOS를 보낸 아들의 손을 잡으려 아이가 입은 옷과 비슷한 줄무늬 티셔츠에 남색 반바지를 일부러 찾아 입고 운동화 끈을 바짝 조이며 현관을 나섰다. 그까짓 학교 하루 건너뛴다고 뭐, 인생에 하자 없다! 없겠지…?

포항을 선택한 것은 순전히 시간 때문이었다. 40분 동안 시내버스를 타고 달려온 노포동 종합고속터미널. 여기서 10분 간격으로 버스가 있는 데다 한 시간 남짓 걸리는 그곳이 가장 적절한 선택 같았다. 떠나고 싶어 심장이 터질 것 같은 아이는 기다림을 힘겨워했다. 너무 지치지 않도록 적절한 거리를 가진 종착지를 찾았다. 그곳에 무엇이 있는지를 생각하기에는 나도 아이도 '멘붕' 상태였다.

그렇게 아이의 하루 가출에 동반자가 된 날, 포항에서 모리국수를 만났다. 끝없는 파도에 지쳐 돌아온 어부들의 헛헛한 속을 달래준다던 모리국수는, 생의 첫 사춘기를 만난 아들과 성년의 사춘기를 지나는 엄마를 붙들어 앉혀 타일렀다. 버텨. 조금만 더.

열 마리의 용이 승천하다 한 마리의 용이 떨어져 구룡포라 이름했다는 그곳은 포항의 끄트머리에 있다. 시외버스터미널이 있는 포항 시내에서 약 한 시간을 버스로 더 달려야 한다. 작은 어선들이 나란히 정박해 있는 포구를 끼고 돌아 야트막한 동산 위를 향해 어지럽게 나 있는 골목길을 따라 걷다 보면 시간을 거슬러 오른 듯 일제시대의 모습을 간직한 마을을 만나게 된다. 좁은 골목길에 다닥다닥 붙어 선 2층 목조주택들은 낡은 일본식 주택들이다. 1920년대 구룡포는 일제가 동해의 어업권마저 점령하고자 축항한 어업기지였다. 당시 일본인들이 모여 살던 골목을 그대로 보존하고 재현한 골목길은 이제 일본인 가옥거리란 이름의 관광지로 개발되어 있다. 한때 이 작은 어촌의 수탈에 앞장섰을 이들의 집들이 지금은 그저 추억의 구멍가게나 찻집, 그리고 대부분 동네 주민들이 살고 있는 가정집으로 쓰이고 있었다.

세월이 멈춘 듯한 그 골목을 아무 목적 없이, 아무 말도 없이 아들과 함께 걸었다. 아이는 어릴 적부터 골목을 쏘다니는 것을 좋아했다. 비 오는 날이면 신이 나서 우산을 쓰고 인적 드문 골목길을 누볐다. 오래된 작은 아파트와 단독주택이 엉켜 있는 골목 탐험은 아이의 취미이고 스트레스 해소법이었다. 그러다 골목 하나 찾을 길 없는 신시가지로 이사를 오게 되었다. 낯선 도시, 40층이 넘는 고층아파트. 아이는 제 방을 무서워했고, 거대하지만 철저하게 고립된 주상복합아파트 단지를 힘들어 했다.

"이곳은 엄마, 섬 같아. 이어지는 골목이 없어. 이상하고 외로운 곳이 야."

돌아다닐 골목이 없어진 곳에서 아이는 밖에 나가지 않았다. 온갖 놀이시설과 분수에 정돈된 정원이 갖추어진 고층아파트 단지가 왜 즐겁지 않은지, 나는 답답했다. 그러나 아빠의 이직과 엄마의 퇴직으로 전격 결정된 이사였다. 아이는 꾸역꾸역 어쩔 수 없는 변화를 견뎌나갔다. 그리고 걱정했던 바와 달리 친구도 여럿 사귀고 학교생활에도 큰 무리가 없는 것 같았다. 그런데 맘속으로 삭이고 삭이다 구조요청을 한 것이다.

골목을 걸었다. 미로 같은 길들을 굽이굽이 따라 걸었다. 도중에 구멍가게에서 산 옥수수 쫀드기를 다 먹어치우고도 한참을 헤맸다. 그러다 골목 벽에 붙은 '까꾸네 모리국수'라는 표지판을 보았다. 전부터 포항에 오면 모리국수라는 걸 먹어봐야겠다고 생각했지만, 올 일이 없었다. 퇴직을 하고도 이런저런 인연으로 떨어지는 일들을 치러내고 또 새로운 일거리에 정신을 빼앗겨 한 시간 거리인 포항에는 올 생각도 못했다. 나는 또, 모리국수를 생각하듯 간간이 아이를 생각하다 잊었다. 집에 머물러 매일 아침과 저녁을 차려주고 준비물을 챙겨주면 나의 의무는 끝이라고 생각했다. 그것도 전처럼 바쁜 직장에 다닐 때에 비하면 감사할 정도의 시간 할애가 아닌가. 나는 아이에 대해서, 그렇게 옆에 있으면서도 잊고 있었다.

작은 골목 안에 숨은 더 작은 골목 안에 그 국숫집이 있었다. 벽에 붙은 메뉴에는 그저 2인분, 3인분, 4인분이라고만 적혀 있었다. 식당 안에는 휠체어를 탄 여인을 데려온 가족이 한 팀 있었고, 외국인 노동자 한 명이 어색하게 낀, 아마도 고용주인 듯한 남녀 일행이 테이블을 차지하고 있었다. 우리가 들어가자 테이블 네 개가 고작인 작은 식당이 꽉 찼다. 다들 막걸리에 소주까지 반주를 하는 눈치였다. 나도 그때는 정말 술 생각이 났다. 아쉽지만 아이를 데리고 몸을 못 가누는 형편이 될 수는 없으니… 사이다와 2인분을 주문했다.

10여 분을 기다린 끝에 커다란 양푼에 담긴 국수와 김치 한 보시기가 나왔다. 마그마처럼 붉고 뜨겁게 끓어오르는 국물을 홀홀 저어가며 국수를 양껏 대접에 퍼 담았다. 한눈에도 매운탕이나 어탕 국수에 더 가깝지 않을까 싶게 걸쭉한 국물과 제법 튼실한 생선 토막들이 눈에 띄었다. 아이와 내가 실컷 먹고도 남을 만큼 푸짐하게 들어간 생선은 아귀였다. 쫄깃하고 탄탄한 생선살을 입 안 가득 밀어 넣으며 흐뭇하게 국수를 삼키는 아이의 모습을 바라보았다. 큰 녀석은 어릴 적부터 매운탕을 몹시 좋아했다. 사실 나이 든 양반들이나 좋아하는 온갖 토속적인 음식을 다 좋아했다. 솥단지 바닥을 박박 긁어 끓인 누룽지, 묵은지와 두부를 넣어 바글바글 끓인 김치찌개, 작은아이는 거들떠보지도 않는 군내 나는 멸치액젓 양념 따위를 아이는 즐겨먹었다. 그 애가 세상에서 가장 맛있는 음식으로 기억하고 있는 것은, 열 살 때쯤 가보았던 해남의 어느 동네 식당에서 맛본 잡생선찌개였다. 시래기와 함께 끓인 생선살이 부서져 걸쭉해진 그 국물을 떠먹으며 아이는 감탄했다.

"엄마, 엄마! 이렇게 맛있는 건 처음 먹어봐!"

콩나물, 그날 들어온 생선, 기계로 뽑은 납작한 칼국수 면을 고춧가루 듬뿍 풀어 끓여낸 모리국수는 원래 고된 뱃일을 마치고 돌아온 어부들을 위해 만들어주던 음식이었다. 국물이 시뻘게지도록 투하한 고춧가루도 그렇지만 마늘이 듬뿍 들어간 데다 생선과 국수의 전분으로 걸쭉해진 국물이 칼칼하고 든든했다. 거기에 2인분이 웬만한 3~4인분에 해당할 만큼 그 양이 푸짐했다. 마늘이 잔뜩 들어간 김치는 생선을 넣은 개성 강한 칼국수와 함께 먹기에 적당히 맛이 들었다. 반세기 가깝게 한자리에서 모리국수를 끓여냈다는 할머니는 정신없이 국수를 들이키는 아이가 신기한 모양이었다.

"맛이 괜찮아?"

"네, 맛있어요."

후후, 후룩, 쩝… 아이는 얼얼한 혀를 사이다로 달래며 대접 한가득 세 번이나 다시 퍼 담아준 국수를 국물까지 해치웠다. 땀을 뻘뻘 흘려가며 국수를 먹고 나니, 일부러 맞춰 입은 아이와 나의 줄무늬 티셔츠는 사방으로 튄 매운 국물 때문에 처참한 지경이었다. 아이고, 이 몰골이 되도록 모르고 참 신 나게 먹어댔구나.

누군가가 그랬다. 생선은 낯설고 잔인하다고. 육지의 생명인 나와 다른 세계, 비밀의 바다에서 온 생명을 먹는 행위는 나라는 존재의 생존을 직시하는 행위다. 낯설고 원초적인 바다의 존재, 생선이 그득한 국수 냄비 안에서 우리는 무엇을 발견했던가.

'버텨.' 불과 수시간 전에도 넘치는 생명력으로 바다를 헤엄쳤을 아귀가 소근, 내게 던진 귓속말은 이랬다. '날 먹고 버텨봐. 길게 가늘게 이어지는 국숫발처럼 그렇게 버텨. 괜찮을 거야.'

구룡포에서 포항 시내로, 다시 부산으로 돌아오는 길은 억센 아귀와 푸짐한 국숫발이 나눠준 기운으로 내내 든든했다. 며칠간 밤에 잠도 못 이루던 아이는 돌아오는 버스 안에서 노곤하게 잠이 들었다. 내일이면 아이는 또 학교에 가야 하고, 나는 또 내가 만든 일거리들과 씨름해야 한다. 상황은 전혀 달라지지 않았다. 달라져야 하는 건 나와 아이다. 여행은, 가출은 그러라고 하는 것 아닌가. 낯선 곳으로 떠나는 것은 상황을 바꾸기 위함이 아니다. 다시 나의 자리로 돌아왔을 때 다른 눈으로, 달라진 마음으로 일상을 살아가기 위함일 뿐이다. 공중정원 같은 아파트에 현기증 나는 날이 또 오더라도 이제 나는 아이의 가출에 동참할 준비가 되어 있다.

'아들, 국수 한 그릇의 감동으로 기운을 차릴 줄 아는 너라면 괜찮을 거야. 힘들면 또 가자. 매운 생선탕 먹으러. 지치고 헛헛한 맘까지 든든해지는, 칼칼하고 푸짐한 생명을 들이키러 우리 또 가자.'

육식의 밤, 열무냉국수

고기를 씹는 고기인 나. 잡식인 내가 초식이거나 또 잡식인 너를 삼
키는 과정은 엄숙하고도 잔인한 생존의 의식이다. '맛'이라는 쾌락과 향
유의 요소가 없다면 제의와도 같을 육식의 현장. 나는 먹고, 너는 먹힌
다. 그렇게 나는, 우리는 서로를 씹고 또 씹히며 집단으로 사냥하고 개
인으로 살아남는다. 마취제 같은 매캐한 연기 속에 상처의 기억은 혼미
해지고 공존의 기억은 새로워진다.

시도 때도 없는 야근과 주말 근무에 찌들어 살던 시절, 카피라이터가
신내림을 받고 썼나 싶은 광고 카피가 있었다. 사무실 책상 앞에 앉아
미친 듯이 자판을 두들기던 여자가 이마로 흘러내린 머리카락을 손으
로 쓸어 올릴 새도 없어 후 하고 입김을 불어 날리면 바로 장면 전환. 여

행이라도 떠났는지 시원하게 내달리는 차창에 손을 내밀며 행복해하는 모델의 싱그러운 미소, 그리고 화면을 채우는 문장.

"열심히 일한 당신, 떠나라!"

아, 정말이지 신탁과도 같았던 그 문구만 보면 나도 모르게 한숨이 나왔다. 아이고, 하나님 아버지!

그때 회사에서는 본사에서 급파한 외국인 사장의 부임과 블록버스터 급 신제품 출시에 맞춰 조직 개편을 준비 중이었다. '생산성 향상을 위한 조직 최적화'라는 허울 좋은 구조조정을 기획하는 관리자들은 본연의 업무 외에 대내외 프로젝트까지 책임지느라 어마어마한 과부하에 걸려 있었다. 일의 성격상 보는 눈과 듣는 귀가 사방에 있는 근무시간에는 펼쳐놓기도 뭐한 일거리들이라 수개월간 야근과 주말근무를 피할 수가 없었다. 휴가는 언감생심, 주말은 밀린 잠을 보충하고 엄마가 고픈 아이들을 상대하기에도 모자랐다. 이 과도한 업무와 가슴 짓누르는 부담을 잠시 잊을 수 있는 방법은 오직 하나! 소맥과 삼겹살의 위로뿐이었다. 야근을 하다 눈이 마주친 동료들과 함께 "열심히 일한 당신, 마셔라!" 하고 외치며 달려가는 곳은 늘 회사 뒤편의 고깃집이었다.

낮에는 먹다 남은 밥을 긁어모아 눌린 게 아닐까 의심되는 누룽지정식과 지난밤 팔다 남은 차돌박이 부스러기를 넣은 게 틀림없는 된장찌개정식을 팔지만, 밤이면 비교적 저렴한 삼겹살과 갈빗살을 주력 상품으로 하는 곰 뭐시기 식당은 우리의 회식 메카였다.

사무실 창밖이 어둑어둑해질 무렵, 회식을 함께할 동지들은 하나둘씩 자리에서 일어나는데, 아직 채워 넣지 못한 엑셀의 빈칸과 파워포인트의 텅 빈 슬라이드와 씨름하던 나는 엉덩이가 의자에 눌어붙은 듯 차마 자리를 떨치고 일어날 수가 없었다.

"강 부장, 나는 내일 오전 미팅 발표야!"

"나도 가는데!"

동료의 채근에 억지로 모니터를 끄고 일어선다. '에라, 내일 새벽에 출근하지 뭐. 한두 번 하는 장사야?'

될 대로 되라며 들어선 고깃집은 이미 도착한 동료와 상사가 피워댄 연기로 매캐한 구름 속이다. 벌써 소주에 맥주가 몇 순배 돌았는지 홍안의 중년들이 여기저기 출몰한다. 시작은 호기롭게, 힘 달리는 당신을 위한 한우(라고 믿고 싶은) 갈빗살을 주문한다. 이런 회식 자리에는 불판에 고기가 떨어지는 순간까지 집게를 독점하는 '구이의 달인'과 화려한 손 기술을 자랑하는 '제조의 달인'이 등장하게 마련이다. '제조상궁'이 순결한 소맥을 돌리고 회오리주에 트로피주, 뱀파이어주에 마라톤주까지 온갖 신기술을 선보이고 나면, 밑 빠진 술독처럼 무한 용량을 자랑하는 상사는 모든 참석자들의 표적이 되고, 최소 용량으로 최단 시간 내 만취 상태에 도달한 능력자들은 이미 의무를 다하고 갈빗살과 삼겹살에 집중한다. 넉넉한 청상추 한 장을 집어 핏기만 가신 고기에 저민 마늘을 한 쪽 올리고 풋고추에 파채를 얹어 쌈장으로 마무리한 녀석을 한 입 가득 집어넣는다.

"어이, 대충 먹었으면 이젠 좀 달려야지! 잔 비었다."

여기저기서 날아드는 술잔이 서로 부딪힌다. 쓰디쓴 소주도, 손아귀 얼얼하게 찬 맥주도 삼겹살과 함께라면 술~술~ 제 이름을 부르며 잘도 넘어간다.

가장자리는 타고 가운데는 여전히 핏기가 남은 붉은 살점은 탄화한 단백질의 단내와 소의 것인지 내 것인지 모를 질깃함으로 입 안을 가득 채운다. 고기를 씹는 고기인 나. 잡식인 내가 초식이거나 또 잡식인 너를 삼키는 과정은 엄숙하고도 잔인한 생존의 의식이다. '맛'이라는 쾌락과 향유의 요소가 없다면 제의와도 같을 육식의 현장. 나는 먹고, 너는 먹힌다. 그렇게 나는, 우리는 서로를 씹고 또 씹히며 집단으로 사냥하고 개인으로 살아남는다. 마취제 같은 매캐한 연기 속에 상처의 기억은 혼미해지고 공존의 기억은 새로워진다.

규탄대회와 〈개그콘서트〉를 왔다 갔다 하는 분위기가 파도타기와 시도 때도 없는 건배 제의로 뒤집히고 다시 돌아오는 다이내믹한 술자리가 무르익으면 갈빗살과 삼겹살은 동이 나고 이제는 식사를 주문할 차례다. 그렇게 채우고 마신 뒤에 뭘 또 먹을 생각이 나나 싶지만, 우리는 그저 밥심으로 사는 민족인 것이다! 아무리 배 터지게 먹었대도 고기는 반찬이거나 잘 봐줘야 안주에 불과하다. 주력 메뉴인 고기에 관해서는 싼 게 유일한 장점이었던 이 집에서는 식사 메뉴로 공깃밥에 더해 나름 먹을 만한 열무냉국수를 내놓았다.

"나랑 열무냉국수 나눠 먹을 사람!"

여기저기 손을 든 사람들이 짝을 지어 국수와 밥을 주문한다. 술잔을 쫓아 이바구 상대를 쫓아 몇 번 자리를 바꾼 사람들은 네 젓가락 내 젓가락 구분도 이미 잊었다.

들고 나는 대로 몇 번씩 재배치가 이루어진 자리는 마침내 서운했거나 고마웠던 속마음을 토로할 상대를 찾아 종착역에 도달한다. 그리고 내 앞에 도달한 아기 세숫대야만 한 '스뎅' 그릇에는 보기만 해도 이가 시린 슬러시 상태 얼음 국물의 열무국수가 담겨 있다. 반을 가른 완숙 달걀을 딱 하나씩만 올려주는 게 아쉽긴 하지만, 이 엄격한 대한민국 표준용량에 어찌 이의를 제기하리. 잘 익은 열무김치가 쫄깃한 소면 위에 수북이 올려져 있으니 반찬도 따로 필요 없다.

"자, 이제 드십시다요!"

옆에 앉은 그는 오늘 내게 할 말이 있었다.

"그때는 미안했어요. 별 말 안 해줘서 고마웠고."

"뭘, 뻔히 사정 다 아는데요."

아마도 초반에는 이런 말들이 오갔을 것이다. 그러나 그 뒤로도 몇 번의 소맥이 파도를 탄 지금, 우리는 모두 알코올의 은혜를 받고 공평하게 무뇌아가 되어 있다. 평소 같으면 식사 한 번 같이할 생각도 안 했을 그와 고개를 맞대고 도시락 안 가져온 짝꿍에게 선심을 쓰듯 한 그릇에 담긴 열무냉국수를 나눠 먹는다. 어, 어, 꼬부라진 혓바닥에서 알코올 충만한 뇌 속까지 시원하게 고속도로가 뚫리는 것 같은 이 맛! 입으로는 서로 더 먹으라 권하면서 각자 바쁘게 젓가락과 숟가락을 놀리는 건 좀 모순이지만 갈라 먹을 그릇을 따로 달라 하기도 귀찮고, 그럴 정신도 없다. 다시 말하지만 최단 시간에 최소 용량으로 최고의 효과를 보여주는 알코올의 여신이 강림했기 때문이다. 에고, 머리는 깨지려 하지만 가슴은 따뜻해지는 회식의 밤. 삼겹살 회식의 끝은 역시 열무냉국수지!

자정이 넘었는데 2차를 가자는 동료들을 뒤로 하고 몸을 가누지 못할 만큼 취한 상사를 이끌어 택시에 탄다. 세상에서 제일 쿨 하고 전략적인 그녀가 오늘은 웬일로 이렇게 달렸는지. 기대서 그냥 자라는데도 굳이 고개를 들고 횡설수설하던 그녀가 울컥, 아픈 속내를 게워낸다.

"어떡하라고… 내가 어떻게 처자식 딸린 저 아저씨들을 잘라내나… 어쩌라고, 나더러."

툭툭 내뱉다 끊어지는 그녀의 나지막한 고해성사가 유리 조각처럼 가슴에 와 박혔다.

젠장. 구조조정의 밤은 깊어가고 택시는 인적 드문 밤거리를 무섭게 내지른다. 내일이면, 그녀가 한 말을 기억 못하길 바랄 뿐이다. 먹고 먹히는 육식의 밤. 열무냉국수로도 씻어내지 못한 살기는 고단한 꿈속에서 떨쳐내기를.

아이들과 오물락 조물락, 수제비

햇볕 잘 드는 오후, 마루에 앉아 노닥거리는 아이들의 반짝거리는 머리카락에 나는 가끔 눈이 부시다. 치명적인 매력은 샤론 스톤 같은 팜파탈의 전유물이 아니다. 물불 안 가리게 만드는 맹목적인 매혹을 본인도 모르게 뿜어대는 존재, 아무리 짜증 나고 고단해도 멈출 수 없는 애정과 목메임으로 당신을 옭아매는 존재, 그건 아이들이다.

수제비는 당연히 국수의 친척이며, 특히 칼국수의 사촌뻘은 된다. 비교적 조리가 간단한 국수보다도 만드는 기교나 수고가 덜하고, 생긴 것도 울퉁불퉁 제멋대로인 것이 참으로 편안한 모양새다. 요즘은 수제비를 잘한다고 소문난 가게들이 있어 줄을 서서 먹기도 하지만, 사실 이 녀석을 돈 주고 사 먹는 경우는 10여 년 전만 해도 찾아보기 힘들었다.

그래서인지 나는 내가 집에서 만드는 수제비가 제일 맛있다. 이건 집에서 만들어야 제맛이다. 그리고 수제비는 정말이지 실패하기 힘든 음식이다. 어떻게 해도 맛있다. 김치를 넣든 호박과 감자를 넣든 해물을 넣든, 취향 따라 냉장고에 있는 것을 뒤져 냄비에 텀벙 던져 넣고 말랑말랑하게 빚은 밀가루 반죽을 대충 뜯어 넣으면 그만이다. 그렇다, 뜯어 넣는다. 일부러 밀대를 준비하고 칼로 써는 수고도 필요 없다. 그래서구나! 이북에서는 수제비를 '뜨더국'이라고 했단다. 수제비보다 더 조리법의 본질에 다가간 근사한 이름이다.

기왕 집에서 만들 거라면 아이들과 둘러앉아 오몰락 조몰락 반죽하는 재미를 놓칠 수 없다. 이왕이면 우리밀 밀가루가 좋겠다. 없으면 일단 강력분으로 최대한 찰진 반죽을 만들어야겠지. 넉넉한 스테인리스 양푼에 밀가루를 붓고 달걀 한 알을 깨서 넣는다. 그리고 조금씩 물을 부어가며 숟갈로 고루 뒤섞는다. 밀가루와 물이 만나 몽글몽글한 덩어리들이 만들어지기 시작하면 아이들을 부를 차례다.

"반죽할 거니까 손 씻고 와!"

두 아들놈이 우당탕탕, 손에 물을 묻히는지 마는지 10초도 안 돼 부엌으로 뛰어온다. 아이들을 부른 건 밀가루 반죽으로 이런저런 모양을 만들어보고, 부드럽고 말캉말캉한 반죽의 촉감도 즐겨보게 하려는 것이다. 처음에는 아이들의 즐거움을 위한 것일 뿐, 수제비 반죽을 만드는 데는 전혀 도움이 되지 않았다. 그런데 이제 제법 손목에 힘이 생긴 큰

아들이 반죽을 치대는 고된 작업을 맡아주면 여간 수월한 것이 아니다. 드디어 아들 덕을 보는 때가 왔나 보다.

반죽을 떼어내는 작업은 가능한 단시간에 이뤄져야 익는 속도가 균일해지므로, 바쁘게 손을 움직여 반죽을 펴고 늘어뜨리며 끓는 국물 속으로 던져 넣어야 한다. 국물의 베이스는 칼국수와 동일하다. 멸치, 다시마, 마늘 정도면 끝. 바지락같이 국물 낼 조개가 있으면 더 좋고. 감자는 늦게 익으니까 수제비 반죽과 함께 넣고, 호박은 반달썰기를 해두었다가 반죽이 반쯤 익었다 싶었을 때 투하한다. 조금 칼칼한 국물을 원하면 붉은 고추를 넣는 것도 나쁘지 않다. 하지만 나는 당연히, '다대기'를 넣어 먹기 때문에 국물을 낼 때는 가장 기본으로 가는 편이다.

다대기는 잔치국수나 칼국수나 두루 어울리는 간장, 고춧가루, 마늘, 파, 청양고추를 섞는 기본적인 다대기면 된다. 아참, 멸치액젓! 요놈을 섞어줘야 진간장의 달달함이 칼칼하고 진한 감칠맛으로 업그레이드된다.

한 그릇씩 양껏 담아낸 뒤에는 김가루도 기호대로 넣는다. 나는 최대한 많이, 큰 녀석은 적당히, 작은 녀석은 지저분한 국물이라면 질색하므로 넣지 않는다. 그렇게 셋이 앉아 한 냄비를 뚝딱한다.

"왜 형한테 더 많이 줬어!"

"아냐, 니 게 더 많다고!"

"아, 그만 좀!"

수제비 그릇을 앞에 놓고 실랑이를 벌이는 형제에게 한 국자씩 더

퍼준다. 다들 한 그릇을 깨끗이 먹고 반드시 한 번씩은 리필을 한다.

"엄마, 이건 내가 만든 거지?"

유난히 두껍고 울퉁불퉁한 수제비 반죽을 뜨며 작은놈이 자랑스럽게 묻는다. 본인들의 작품이다 보니 더욱더 맛있을 것이었다.

왠지 수제비는 주말이 아닌 날, 아무 할 일도 없는 방학 동안의 평일, 약간 느지막한 점심에 어울린다. 무료한 오후, 부엌 바닥에 퍼질러 앉아 얼굴에 밀가루를 묻혀가며 모자가 만들어내는 놀이 같은 점심. 이제 열 네 살, 열 살인 이 천방지축들은 조금만 더 자라도 아마 엄마와 함께하는 수제비 반죽을 놀이로 여겨주지 않을 것이다. 흰 밀가루를 묻히고 열심히 만들어낸 우주선 모양 수제비 반죽을 기억도 하지 못하는 때가 올 것이다. 아직도 살이 통통한 어린 손으로 반죽을 조몰락대는 작은놈의 재잘거림과 팔을 걷어붙이고 반죽을 주무르는 큰놈의 열심이 벌써부터 그립다.

햇볕 잘 드는 오후, 마루에 앉아 노닥거리는 아이들의 반짝거리는 머리카락에 나는 가끔 눈이 부시다. 치명적인 매력은 샤론 스톤 같은 팜파탈의 전유물이 아니다. 물불 안 가리게 만드는 맹목적인 매혹을 본인도 모르게 뿜어대는 존재, 아무리 짜증 나고 고단해도 멈출 수 없는 애정과 목메임으로 당신을 옭아매는 존재, 그건 아이들이다. 어찌할 수 없이 사랑스러운 갓난아기, 아장아장 걸음마 한 발짝의 조마조마함에 가슴 졸이게 만드는 세 살배기 어린아이, 선생님 따라 올망졸망 소풍 떠나는 노란 병아리 같은 유치원생 시기를 지나, 지금 내 아이들은 회사에 있는 엄마가 집에 있는 엄마보다 '수월'하다는 사실을 깨닫기 시작하는 이른 사춘기에 진입했다. 그러나 그럼에도 아직 아이들은 눈부시게 어리다. 엄마와 함께 만드는 수제비 반죽에 열을 올리고, 아빠와 함께하는 저녁 산책을 고대하며, 가족이 함께 영화를 볼 수 있는 주말을 손꼽아 기다린다. 그러나 아이들은 기다려주지 않는다. 이런 빛나는 시간은 순식간에 지나갈 것이다. 지금이 이 아이들과 엄마인 나의 인생에 가장 맛있는 순간이다. 지금 여기, 바로 이 순간 수제비를 먹어야 한다.

입덧의 타임아웃, 안동국시

태아는 모태의 장시간 직립을 싫어하고, 제 성장에 필요한 영양 섭취를 위해 엄마의 미각도 조정한다. 내가 내 몸의 주인이 아닌 듯한 이 시기에 나의 유일한 안식은 안동국시집에 가는 것이었다. 부대끼는 속을 어쩌지 못하는 엄마에게 '먹으라. 그리하면 평화가 올지니.' 이렇게 명령하는 아이가 허한 음식은 역시나 국수였다.

군이 종류를 구분하자면 안동국시는 분명 칼국수에 속한다. 그러나 집에 있는 재료를 대충 썰어 넣고 끓여내거나 시장통에서 후룩 들이키기에 적당한 여느 칼국수와는 다른 품격을 지녔다. 꼬장꼬장한 양반집 반상에 올라야 제격일 듯 쉽지 않은 국수랄까. 일단 면발의 내공이 장난 아니다. 얇고 하늘하늘한 면발의 굵기는 삶아낸 소면과 중면의 중간쯤

된다. 칼로 그리 정교하게 썰어내려면 그 수고가 일단 만만치 않다. 칼로 써는 국수, 절면(切面)의 궁극이라 할 만큼 세심한 면발은 양반국수 안동국시의 중요한 특징이다.

《우리가 정말 알아야 할 우리 음식 백가지》에 보면 안동국시의 면발은 밀가루와 생콩가루를 섞은 반죽을 창호지 두께만치 얇게 밀어 칼로 썰어내는 것이라 한다. 소싯적에 엄마 옆에서 밀대로 반죽 좀 밀어봤다면 설명 안 해도 알 것이다. 창호지 두께로 밀가루 반죽을 민다는 것이 얼마나 엄청난 일인지, 이것을 접어 다시 2~3밀리미터가 될까 싶게 촘촘히 썰어낸다는 것은 또 얼마나 어려운 일인지. 그건 숙련된 요리사나 종갓집 며느리에게나 가능한 경지다. 행여 칼질이 가능하다 해도 이토록 가늘게 썰어낸 면발을 서로 엉겨 붙지 않게 한 올 한 올 분리된 국수로 삶아낸다는 것은 아무나 할 수 있는 일이 아니다. 채 썰듯 공들인 면발은 끓는 물에 가져가기도 전에 떡처럼 엉겨 붙을 것이기 때문에 여기에는 숙련된 기술이 필요하다. 아마도 반죽에 더하는 콩가루는 면이 엉겨 붙는 걸 방지하고 면발에 약간의 고소함을 더하기 위한 목적이리라.

이렇게 정성 들여 만드는 만큼 그냥 여염집에서 쉽게 만들어 먹던 국수는 아니었다. 이름에서 짐작되듯이 뼈대 깊은 양반들의 고장인 안동에서 유래한 국수다. '국시'는 이 지방에서 국수를 가리키는 말이다. 면을 국물과 함께 끓이는 칼국수와 달리 끓는 물에 삶아 건져 다시 장국을 부어 내기 때문에 건진국수라고도 부른다. 이렇게 하면 국물을 흐리는 밀가루의 탁함이 덜하고 면발의 매끄러움은 더해져서 면발을 넘길 때 식감이 좋아진다. 여기에 귀한 사골 국물을 더한다. 고명으로 볶은 호박, 볶은 소고기를 조금 올리고, '다대기'처럼 고춧가루에 버무린 파를 얹어 마무리한다. 이리하여 묵직한 사골 국물에 비단실같이 매끄러운 국시 가락, 깔끔 매콤한 파 양념과 국물에 고소함을 더하는 소고기 고명이 어우러져 혼자 먹기 아까운 얌전한 국수 한 그릇이 완성된다. 그래서였나? 먹을 것 귀하고 척박한 안동 지방에서 가난한 양반집에 손님이 오면 달리 낼 것이 없어 정성으로 대접하던 음식이 건진국수였단다.

안동국시의 지존을 따지자면 본고장으로 가야 하겠지만 일단 서울에는 대통령이 즐겨 찾았다는 삼선교 '국시집'이 있다. 여느 가정집들만 가득한 골목에 자리한 붉은 벽돌집, 딱 팔뚝 길이의 작은 간판에 '국시집'이라고 써 붙여 있는 이 집이 내가 맛본 최초의 안동국시집이다. 얌전한 국수 맛이 좋고, 문어수육도 맛나다. 왠지는 모르지만 삼선교와 맞붙은 혜화동 일대에 안동국시 계열의 사골 국물을 베이스로 하는 국숫집이 좀 있다. '혜화칼국수' 또한 이 동네에서 유명하다.

또 빼놓을 수 없는 곳이 '명륜손칼국수'. 이곳 면발은 일반적인 안동국시보다는 넓적하고 짧고 얇다. 보다 대중적인 버전이랄까. 사골 국물 특유의 느끼함을 전혀 느낄 수 없는 시원한 국물과 손 반죽한 면발이 한 몸처럼 어울리는 데다 다대기의 조합 또한 환상이다. 그리고 내가 맛본 최고의 쇠고기수육이 이곳에 있다. 느끼하고 퍽퍽하기 쉬운 것이 쇠고기수육인데, 이곳 수육은 차원이 다르다. 겨자 섞은 묽은 간장에 적셔 한입 가득 넣으면… 뭐라 표현할 수 없는 맛이다.

다만 아쉬운 것은 그 맛을 보기가 쉽지 않다는 점. 일단 골목 안에 숨은 가게를 찾기가 쉽지 않다. 가게에서 딱 한 골목 뒤에 있는 아파트에서 3년을 살면서도 그 가게를 알지 못했다. 언뜻 보기에 주차장 초입인 듯해 그냥 지나치게 되는 좁은 골목 안에 있는 데다 그 흔한 입간판 하나 어디에도 세워놓지를 않았다. 하긴 넘치는 손님을 다 수용하지 못해 돌아가라 하는 판국이니, 간판은 무슨…. 점심에는 한참 줄을 서야 하고, 그러다 1시가 좀 넘으면 국수가 떨어졌다며 아예 문을 닫는다. 일요일에는 장사를 안 하고. 그래서 맘먹고 찾아가야 한다.

그 외에도 종로구청에서 성북동으로 이어지는 언덕배기와 다시 삼선교로 둘러 돌아가는 큰길에도 사골 국물을 특징으로 하는 '안동식' 국숫집들이 몇 있다. 다들 얌전한 맛을 자랑한다. 전이나 수육을 함께하면 아쉬울 것 없는 손님 접대가 된다. 삼선교와 성북동 일대를 벗어나 서울 여기저기서 쉽게 만날 수 있는 프랜차이즈로는 '소호정'이 있다. 흔히 만날 수 있는 곳이라 감흥이 좀 떨어지지만 맛은 괜찮다.

한편 부산에 내려와서 처음 만난 안동국시집은 남천동 KBS 뒷골목에 위치한 집이었다. 재미있는 것은 사골 국물이 아니라 멸치 국물을 쓴다는 점. 부산은 바다가 가까운 만큼 멸치 국물이 대세다. 그런데 서울의 맹맹한 멸치 국물과는 댈 바가 아니다. 진하고 구수하다. 말하자면 지역 특색에 맞는 소재를 쓴 변형인데, 텁텁하지 않고 시원한 멸치 국물이 얇은 면발과 어우러져 이건 또 이것대로 맛나다. 그리고 가격이 사골 국물을 쓴 안동국시에 비하면 아주 착하다. 여기에 시뻘겋지만 감칠맛 나게 버무린 어묵무침과 무김치를 곁들인 충무김밥을 함께하면 든든한 점심으로 손색이 없다. 칼국수의 지존 안동국시는 잘 익힌 깻잎과 부추김치, 그리고 푹 익힌 배추김치와 찰떡궁합이라는 것은 뭐, 상식이다.

나중에 알았지만 막상 안동에 내려가면 국시집이 그리 많지 않다. 그리고 사골을 쓰는 게 아니라 대부분 멸치 육수 또는 아예 채소만으로 국물을 낸다. 그런데 서울의 안동국시는 왜 사골 국물이 기본 사양일까? 박정배의 《음식강산②》에서는 서울에서 주로 맛볼 수 있는 사골 국물 베이스의 안동국시는 안동 지방에서도 귀한 양반가문에서 사골 국물을 썼던 것이 서울의 설렁탕 문화와 만나 정착한 것이고, 막상 안동 지방에서는 서민의 선택이었을 멸치와 야채 기반의 육수가 더 보편적으로 자리 잡았으리라 추정하고 있다. 그렇겠구나 싶은 게 안동에서 직접 맛본 본고장 국시는 모양새도 맛도 서울의 국시집들과 다르게 한결 소박했다. 요즘 소비자의 입맛에 맞춰진 것이 아니라 옛것 그대로의 맛과 모습에 더 가깝다고 할까? 지금은 사라지고 없는 무언가를 맛보는 듯 멸치나 사골 같은 동물성 육수의 진한 맛에서 느낄 수 없는 여리고 슴슴한 국물 맛이 왠지 짠했다.

안동국시에 대한 나의 자동 연상 이미지는 입덧이다. 둘째 출산을 앞둔 당시 나는 깁스한 발목을 절뚝대는 만삭의 임신부였다. 다니던 회사에서는 이제 막 입사 1년이 된 경력직 과장이었고. 입사 후 허니문은 진즉 끝났고, '어디 얼마나 하나 보자.' 하며 지켜보는 관객들 앞에 내 존재 가치를 전력질주로 보여줘야 하는 시기였다. 일도 많았다. 위기 및 이슈 관리가 주된 업무인 탓에 늘 긴장을 유지해야 했고, 일이 터지면 주말 근무든 밤샘 근무든 가릴 처지가 아니었다. 그런데… 정말 시도 때도 없이 졸렸다. 아이는 엄마의 수면을 유도한다. 피곤한 숙주를 용납하지 않는다. 태아는 모태의 장시간 직립을 싫어하고, 제 성장에 필요한 영양 섭취를 위해 엄마의 미각도 조정한다.

임신 기간은 인간이 자연의 부름 앞에, 위대한 호르몬의 영향 아래 얼마나 미약하며 종속된 존재인지, 종족 보존의 본능에 충실한 짐승인지를 깨닫는 시기다. 안 그래도 식탐이 많은데, 이제는 세 시간 간격으로 상당량의 음식을 먹지 않으면 견딜 수가 없었다. 속이 잠시 비기라도 하면 헛구역질에 신물이 넘어왔다. 만원 지하철과 버스에서 족히 한 시간 30분을 시달려야 하는 머나먼 출근길이 견딜 수 없는 고역이 되었다. 줄곧 울렁대는 속을 참으며 시험지 한 장 끼울 틈도 없이 밀착한 사람들 사이를 만삭의 몸으로 버티면서 이러다 무슨 일이 날지 모르겠다 싶더니 어느 날 일이 터졌다.

퇴근길 인파로 가득한 동대문역에서 지하철을 기다리는데, 먼지가 한 올 한 올 목구멍을 막는 듯 처음에는 식도가, 그다음에는 가슴이 죄어

오더니 숨을 쉴 수가 없었다. 급기야 눈 앞이 암전된 듯 아무것도 보이지 않았다. 우왕좌왕하는 사람들 사이에서 숨도 못 쉬고 현기증에 시달리는데 앞은 보이지 않고…. 그 수분간의 고통도 끔찍했지만, 그 자리를 벗어날 수 없다는 공포가 더 컸다. 소리도 한 번 못 지르고 지하 무덤 같은 지하철역에 그렇게 서 있다가 다행히 몇 분 뒤 호흡과 시야가 정상으로 돌아왔고 무심한 인파를 헤치며 간신히 역을 빠져나올 수 있었다.

내가 내 몸의 주인이 아닌 듯 엉뚱한 요구를 해대는 이 시기에 유일한 안식은 안동국시집에 가는 것이었다. 부대끼는 속을 어쩌지 못하는 엄마에게 '먹으라. 그리하면 평화가 올지니.' 이렇게 까다롭게 명령하는 아이가 허한 음식은 역시나 국수였다. 그런데 한두 번도 아니고 하루걸러 안동국시를 먹으러 가려니 동료들에게 눈치가 보여서 나중에는 약속이 있다 하고 혼자 몰래 언덕길을 올랐다. 8월, 그 뜨거운 땡볕 아래 산만 한 배를 안고 목발까지 짚은 임신부가 가파른 언덕길을 올랐던 이유는 오로지, 그놈의 국수 때문이었다.

투명하고 개방된 회사 분위기를 조성한답시고 칸막이를 없애버린 사무실에는 다리를 펴고 쉴 공간이 없었다. 퉁퉁 부은 다리를 올리고 허리를 펴라고, 누워서 눈을 붙이라고 채근하는 아이의 요구에 부응할 수 없던 그때. 테이블이 아닌 바닥에 앉아 상 밑으로 다리를 펴고 국수를 먹을 수 있는 그 짧은 점심시간이 얼마나 소중했는지 모른다. 아마도 나는 고층빌딩 안의 건조하고 냉랭한 사무실을 탈출해 낡은 2층 양옥집을 개

조한 국숫집에서 잠시나마 발을 뻗듯 긴장을 풀었는지도 모르겠다.

그때만 해도 동료와 상사 앞에 완벽하고 빈틈없고 맹렬한 직업인으로 보여야 한다는 강박이 워낙 심했다. 그래서 힘들다 소리 한 번 못하고 만삭에 목발을 짚으며 단상에 올라 행사를 진행하고, 외국 출장을 다니고, 밤새워 성명서를 준비했다. 그래야만 한다고 생각했다. '봐. 이런 상황에서도 나 잘하고 있어. 다들 인정해!' 이렇게 소리 없이 외치고 다닌 꼴이었다. 그러지 않아도 됐는데. 그냥 어깨에 힘 좀 빼고 힘들다고 했어도 이해해줄 만한 상사와 동료들이었는데, 나는 내 멋에 그걸 못했다.

어쨌거나 10개월 동안 수십 그릇의 안동국시를 포식한 후에 나온 내 아이는 정말 예뻤다. 잘 숙성한 밀가루 반죽처럼 보드랍고 하얀 피부와 커다란 눈, 오목조목한 이목구비가 계집애보다 예쁜 사내아이였다. 몸이 약해 태어난 지 3일 만에 병원에 입원하고 그 뒤에도 해마다 한두 차례는 병원 신세를 졌지만 그때마다 아이는 잘 버텨냈고, 혼자 수저를 손에 쥘 수 있게 되고 나서부터는 국수를 나보다 더 잘 먹었다. 열 살이 된 지금은 평양냉면집에서 어른도 해치우기 힘든 곱빼기를 해치우고, 칼국숫집에서는 제 것은 물론 기어이 엄마 그릇에서 또 절반을 덜어간다. 요 녀석, 엄마가 이렇게 고생하며 저를 배 속에 넣고 다니던 때를 기억이나 할런지. 그래도 하루걸러가 아니라 매일 국수를 먹으러 가자 해도 신나게 따라 나서는 동지를 확보했으니 뭐, 할 만한 고생이었다.

둘이서 세 그릇, 두부국수와 비빔국수

지치고 힘들어도 함께할 동지가 있어 할 만한 야근이었다. 우리가 함께 비워낸 국수는 대체 몇 그릇이나 될까? 선주후면이라고, 난방 꺼진 회의실에서 컵라면에 맥주 한 캔을 나누던 어느 겨울 저녁도 생각난다. 다행히 나는 야근을 좋은 사람들과만 했나 보다. 아니, 야근을 함께 해서 좋아졌나? 고단했던 야근의 기억도 함께했던 따끈한 국수의 추억 속에 아련하기만 하다.

국수는 대체로 점심 메뉴다. 저녁에 국수를 먹는 경우는 삼시 세끼를 가리지 않고 수행에 정진하는 열혈 면식인들을 제외하고서 대개 어쩌지 못할 이유가 있는 법이다. 그중 가장 흔하면서 애달픈 이유는 야근일 거라고 나는 짐작한다. 그것도 아주 '된' 야근. 밥과 국과 반찬을 따로 섭취하는 버젓한 한 상을 시켜 먹을 여유가 없는 바쁘고 고된 야근에 국수를 먹는다는 게 나의 이론이다. 적어도 우리는 그랬다.

하필 다른 팀은 몽땅 퇴근하고 우리 팀 홀로 외로이 사무실을 지켜야 하는 그런 고독하고 억울하고 죽도록 바쁜 야근의 시간에 우린 꼭 회사 앞 할머니집에 가서 두부국수와 비빔국수를 세트로 시켜 먹었다. 여기서 우리는 구조조정의 결과 부장과 대리, 단둘로 단출해진 팀이었다. 조막만 한 여자 둘이서 턱 밑까지 다크서클을 드리운 채 두부국수를 한 그릇씩 해치우고 비빔국수를 하나 더 시켜 미친 듯 먹는 모습이 남들 눈에는 어떻게 보였으려나?

아직 어린 팀원을 데리고 쓸쓸하고 고된 야근을 하려면 보통 먹을 걸 후하게 쏘는 게 정석이다. 일단 좀 든든하게 먹여놔야 이 힘든 밤을 함께 버틸 것 아닌가. 그러나 며칠째 야근이 계속되면 누구나 지치게 마련이다. 생각은 하기 싫고 먹기는 해야겠으나 거한 식사를 할 여유는 없는 밤. 우리는 누구랄 것도 없이 '국수나 먹으러 가자'며 회사 앞 낡은 아파트 상가로 발걸음을 옮겼다.

가게 문을 열자 확 덮쳐오는 구수하고 따끈한 국물의 훈기, 나무 탁자 위 단무지와 김치를 양껏 담은 스테인리스 통이 익숙한 그곳에서 우리는 일단 따끈한 두부국수 두 그릇을 주문하고, 서로 눈짓을 한다. '비빔도 하나는 시켜야겠지?' '당근, 비빔도 하나!' 그럼 이 눈치 없는 종업원은 꼭 "한 분 더 오시나 봐요?" 하고 묻는다. '왜요, 둘이서 세 그릇 시키면 안 되나요?' 입 밖으로 나오려는 뾰족한 말을 삼키며 얌전히 답한다.

"아니요. 그냥 이 집 비빔국수가 맛있어서요."

소주가 나오기 전에 안주를 씹듯 국수를 기다리며 덜어둔 단무지를 씹는다. 단무지도 얼굴이 노오란 게 지쳤구나, 너. 심심한 위로의 말이 떠오르는 밤, 우리는 천천히 국물을 마신다. 걸리는 데 없이 후루룩 술술 넘어가 주는 국수에 감사해하며 15분의 휴식을 음미한다. 두부가 가득 담긴 국수는 그 밤을 든든하게 지켜주는 주전 투수, 매콤한 비빔국수는 허한 속을 데우며 사람을 풀어지게 하는 두부국수의 끝을 야무지게 후려치는 마무리 투수가 되어준다.

이 집 국수의 국물과 '다대기'를 집에서 한 번 만들어보고 싶어 책을 샀었다.《소문난 국수집》이라고, 서울에서 내로라하는 국숫집들의 대표 메뉴들을 레시피와 함께 소개한 요리책이었다. 각 집의 역사나 특성도 간단하게 소개하고 있어 나름 읽는 재미가 있었다. 이 책에서 소개한 내용을 보면, 이 두부국숫집의 국물은 멸치를 중심으로 바지락, 북어, 파 뿌리를 함께 넣고 우려낸 것이다. 이 집 국물은 국수의 전설 구포국수를 만나기 전까지 내가 가장 사랑한 소면 국물이었다. 사실 구포국수를 필두로 한 부산의 국수는 한 장(章)이 아니라 여러 장을 할애할 만한 가치가 있다. 어쨌든 이 두부국수는 적어도 서울에서는 다섯 손가락 안에 들지 않나 싶을 만큼 시원한 감칠맛이 특색이고, 다진 파가 가득한 숙성된 다대기를 수북하게 얹은 연두부와도 참 잘 어울렸더랬다.

두부국수는 그 유명한 '명동할머니국수'에서 내는 메뉴다. 아는 사람은 다 아는 이야기지만, 1958년에 시작했다는 이 국숫집은 원래 명동 골목에서 간판도 없이, 워낙 좁은 공간이라 의자 놓을 자리도 없이 서서 먹었다 해서 '서서 먹는 할머니 국수'로 알려진 곳이다. 그때나 지금이나 서울의 웬만한 국숫집에서는 찾아볼 수 없는 착한 가격과 소박한 국수 맛이 인기를 끌어 체인점을 운영하기에 이르렀다고 한다. 아쉽게도 원조 할머니집에서 먹어본 바는 없으나 굳이 명동까지 가지 않아도 맛나는 소면을 맛볼 수 있게 된 건 편리한 일이다.

생각건대 두부와 소면, 거기다 서서 먹는 국수라는 재미난 조합은 주머니 가볍고 자리에 앉아 먹을 시간조차 사치인, 하루가 고달픈 노동자들에게 어필하면서 자리 잡은 것이 아닐까 싶다. 밀가루 소면과 멸치 국물 정도로는 한참 모자란 영양분을 단백질 가득한 두부로 보충한 구성은, 맛도 맛이지만 그런 실용적인 필요가 작용했지 싶은 것이다. 또한 양이 꽤 많은 두부는 먹고 나면 쉬이 배가 꺼지는 국수의 단점도 보완해 준다. 거기다 값도 서울 음식 치고는 참 착하다(부산에 이사 와 2,000원짜리 전설의 국수를 만난 뒤로는 달리 보게 됐지만 말이다).

지금은 혼자서 몇 사람 몫을 해내며 어엿한 중견이 되어 있는 그때의 부장과 연락을 주고받을 때마다 둘이서 세 그릇을 비워내던 야근의 밤을 생각한다. 지치고 힘들어도 함께할 동지가 있어 할 만한 야근이었다. 우리가 함께 비워낸 국수는 대체 몇 그릇이나 될까? 그녀뿐 아니라 참 다양했던 나의 야근 동지들을 생각해본다. 선주후면이라고, 난방 꺼진 회의실에서 컵라면에 맥주 한 캔을 나누던 어느 겨울 저녁도 생각난다. 다행히 나는 야근을 좋은 사람들과만 했나 보다. 아니, 야근을 함께해서 좋아졌나? 즐거운 기억만 남았다. 만나고 싶은 사람들만 떠오른다. 고단했던 야근의 기억도 함께했던 따끈한 국수의 추억 속에 아련하기만 하다. 다시 만나면 말해야지. 우리, 국수나 세 그릇 할까?

동질감을 확인하는 법, 닭한마리 칼국수

※※ 닭한마리 칼국수는 집단을 위한 음식이다. 아무리 국수를 사랑하는 면식범이라도 삼삼오오 그룹을 지어 앉은 식탁 사이를 비집고 들어가 오직 나만을 위한 닭한마리를 시킬 용기는 없다. 또한 조리하는 과정에서 입으로 들어가는 순간까지 집단적 체험을 만들어주는 음식이기도 하다. 한 냄비의 음식이 끓어오르는 모습을 함께 지켜보고, 요리하고, 나눠 먹는 이 음식을 팀 회식 때마다 찾던 부장의 의도가 꼭 본인의 입맛 때문만은 아니었겠구나 싶은 생각이 문득 든다. ※※

순화동이라는 동네를 알게 된 건 스물여덟 때다. 서울 한복판임에도 덕수궁 뒷길과 중앙일보 건물 사이, 묘하게 낙후된 느낌의 골목들이 미로처럼 얽혀 있는 이 동네를 아는 사람은 의외로 많지 않다. 이곳에 나의 두 번째 직장이 있었다. 언론고시를 준비하던 사람들은 다른 직장에 들어갔다가도 뛰쳐나와 다시 언론사 시험을 보는 경우가 종종 있다. 나도 그랬다. 첫 직장을 아무 계획도 없이 때려치우고 나서 처음으로 나이 제한이 없는 언론사 공채 공고를 보게 되었다. 지금은 나이 제한을 (적어도 공식적으로는) 두지 않지만, 그때만 해도 군필 경력이 없는 여성 지원자에게는 나이 제한선이 훨씬 낮았다. 대학원을 나온 데다 직장 경력 2년을 깔고 가야 하는 나로서는 지원 자격이 되는 신문사가 아예 없었던 터라 그 공고는 신의 계시 같았다. 게다가 시험도 영어와 국어 작문, 심층 면접으로만 본다고 하니…. '다음 중 제12회 올림픽의 메달 종목이 아닌 것을 고르시오.' 따위의 사지선다형 시사 상식 문제에 약했던 내게는 최고의 조건이었다.

돌이켜보면 번역가와 기자의 차이에 대해 늘 고민하며 보냈던 그곳에서 3년간 참 특별한 직장생활을 했다. 일의 완성도보다 납기 완료가 우선이고, 옳다 그르다보다 클라이언트의 요구가 절대 가치일 수밖에 없는 대행사 생활이 이미 몸에 밴 내게 국제시사주간지라는 타이틀을 단 이 잡지사는 완전히 다른 세계였다. 일단 상사에게 '님' 자를 붙여 부르는 법이 없었다. 편집부를 총괄하는 상사를 모 부장님이 아니라 "모 부장!" 이렇게 부르고, 본인 원고만 마감하면 점심시간에 소주를 병나발 불고 와서 오후 내내 책상에 두 발을 올려놓고 코를 골아도 아무도 터치하지 않았다. 쉴 새 없이 걸려오는 전화들로 호떡집에 불 난 것만 같은 영화 속 편집국과 달리 주로 외신을 번역하고 편집하는 곳이다 보니 전화를 걸거나 받을 일이 없을뿐더러 동료와 함께 일하는 경우도 없어 자기 원고만 들여다보는 절간 같은 분위기 또한 내게는 희한하게 느껴졌다. 이 도서관 같은 편집국의 선비 같은 선배들을 따라 나는 한없이 너그러운 닭한마리 칼국수의 세계에 입문하였다.

닭한마리를 먹으러 가는 날은 잡지가 나오는 수요일. 주간지 특성상 일요일 밤샘 마감과 월요일 최종 교정 작업이 끝나면, 편집국은 화요일을 쉰다. 막 가판대에 진열된 따끈따끈한 잡지를 확인하며 출근해 마음 편하게 점심을 하러 가는 날이 수요일이다. 그런 날엔 길 건너 낡은 단독주택과 오래된 식당들이 늘어선 순화동 골목으로 열 명 남짓한 편집국 식구들이 총출동한다. 부담스럽고 수다스러운 한 분, 편집주간만 빼고. 어떤 조직이든 맨 꼭대기 상사가 알아서 빠져주는 은밀한 회동이 더 즐거운 법이다.

우리는 거대한 고가도로 밑, 차들이 뜸한 4차선 길을 건너 벌써부터 긴 줄이 만들어진 김치찌개집 '장호왕곱창'을 지나 골목길로 진입한다. 두 갈래로 갈라지는 골목 어귀에 자리한, 간판서부터 민물고기 매운탕이 전문이라 써 있는 그 집에서 우리는 꼭 닭한마리 칼국수를 주문했다. 꼭 양은 세숫대야에 손잡이만 달아놓은 것 같은 냄비에 닭 한 마리가 온전히 투신한 그 풍요로운 자태라니! 살짝 익혀 나온 닭고기, 감자, 대파, 떡이 사이좋게 헤엄치는 국물이 부르르 끓어오르기 전에, 우리는 일단 딸려 나온 인삼주와 소주부터 해치웠다. 생각해보면 점심 반주가 빠진 적 없는 3년의 잡지사 생활이었다. 이렇게 술 잘 먹는 사람들과 1,000일 가까운 시간을 보냈건만 내 술 실력은 왜 만날 제자리걸음이었는지 모르겠다.

알코올에 관한 한 최고의 약물경제성을 자랑하는 나는 딱 할머니 골무처럼 생긴 조그만 잔에 인삼주 한 잔을 받아 마시고 이미 행복했다. 그 한 잔만으로 벌써 불타는 고구마로 현현한 나의 모습은 왕술, 말술 선배들에게 늘 어필했다. 술자리에서 딱 한 잔 먹고 버티는 후배를 가만 두기란 쉽지 않은 일이건만, 선배들은 손가락 끝부터 몸 상단으로 빠르게 번져오는 내 몸의 적조현상을 경이롭게 바라보면서 나를 소주 두어 병은 해치운 용사처럼 대접해주었다. 이것이 허당이 주당의 세계에서 살아남는 필승전략, '한 잔 먹고 산화하기' 신공이다.

소주병이 점점 가벼워지고 양은 냄비에 제 몸을 투신한 닭이 어지간히 진액을 나눠주었겠다 싶어지면 각 접시에 덜어 나온 '다대기'에 닭고기와 감자를 찍어 먹을 차례다. 채 썬 부추와 양파, 고추 간 것이 섞여 있고 겨자도 조금, 그리고 간장과 식초가 들어간 것이 분명한 이 다대기에는 묘한 중독성이 있어서 계속 찍어 먹다 보면 나중에는 여기에 국수까지 담가 먹게 된다.

건더기를 어지간히 건져 먹었으면 이제 용광로처럼 끓어오르는 국물에 생칼국수를 한 뭉텅이 투하한다. 나야 닭고기도 좋지만 면발이 우선이기에 이제부터 진정한 전투의 시작이다.

닭고기 육수의 구수함은 삼계탕과 백숙으로만 확인할 수 있는 게 아니다. 서양요리에서 뭔가 깊이 있는 국물 맛을 필요로 하는 수프에 주로 치킨스톡을 쓰는 데는 이유가 있다. 서양 사람들이 감기 걸렸을 때 먹는다는 치킨누들수프가 그렇고 (그러고 보니 이것도 국수요리인가?) 여하간 각종 수프나 스튜, 소스에 깊은 맛을 더하는 데 두루두루 쓰인다.

서양요리까지 갈 것 없이 닭 육수를 기본으로 하는 우리나라의 면 요리도 여럿 있다. 내가 맛본 것은 일단 명동칼국수, 초계탕과 황해도식 냉면인데, 각각의 개성이 워낙 뛰어나 같은 베이스를 사용했다고 믿기 어려울 정도다. 닭한마리 칼국수처럼 그 정체를 원색적으로 드러내는 닭 육수 국수도 있지만, 대전에서 맛본 황해도식 물냉면은 닭의 기름기와 특유의 냄새가 싹 가신 개운한 육수라 말해주지 않으면 원재료를 추측하기 어려울 만치 그 맛이 절묘했다. 이제는 특정한 가게의 이름이 아니라 칼국수의 한 종류로 분류해도 되지 않을까 싶게 유명해진 명동칼국수의 맛은 또 다른 세계다.

비교적 저렴한 가격으로 국물 음식의 깊이와 다양성을 더하는 데 이만한 재료가 또 있을까 싶다. 닭한마리 칼국수는 그런 닭 육수를 기반으로 만들 수 있는 가장 소박하면서도 푸짐한 음식이다. 서민의 잔치 요리 같은 음식이다.

무엇보다 닭한마리 칼국수는 집단을 위한 음식이다. 아무리 국수를 사랑하는 면식범이라도 삼삼오오 그룹을 지어 앉은 식탁 사이를 비집고 들어가 오직 나만을 위한 닭한마리를 시킬 용기는 없다. 일단 양으로 승부하는 닭한마리의 세계는 최소 3인을 기본으로 시작한다. 코스 요리도 아니건만 일단 시켰다 하면 닭 한 마리 분량의 고기-떡 사리-감자-칼국수-죽으로 이어지는 대장정은 둘이 해치우기에도 버거운 시퀀스다. 또한 조리하는 과정에서 입으로 들어가는 순간까지, 집단적 체험을 만들어주는 음식이기도 하다. 한 냄비의 음식이 끓어오르는 모습을 함께 지켜보고, 요리하고, 나눠 먹는 이 음식을 팀 회식 때마다 찾던 부장의 의도가 꼭 본인의 입맛 때문만은 아니었겠구나 싶은 생각이 문득 든다. 그러니까 닭한마리 칼국수는, 한 공간에 있어도 각자 일하는 우리들이 동질감을 확인하는 소박한 제의와도 같았다. 그리고 나는, 닭한마리 칼국수와 인삼주의 기막힌 조합을 맛볼 때마다 당신들을 생각한다. 선비 같은 선배, 선배다운 선배였던 당신들을.

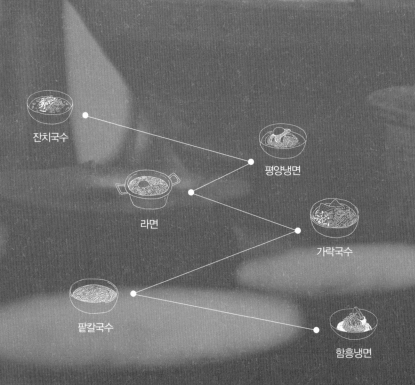

잔치국수

라면

평양냉면

가락국수

팥칼국수

함흥냉면

제2부

내 혈관에는 진한 육수가 흐르고

당신은 당신이 먹은 음식이다

당신이 무엇을 먹는지 말해달라. 그러면 당신이 어떤 사람인지 말해주겠다.

- 브리야 사바랭

고모와의 하룻밤, 잔치국수

국수는 내게 그냥 한 끼를 때워주는 음식이 아니다. 서글픈 유년의 추억에서 절박한 성년의 사춘기에 이르기까지, 어느 순간에나 존재했던 국수의 소소한 기억들. 과거는 길고 가늘게, 때로는 이로 질근 끊어내고 싶어도 결국에는 이어질 국수 가락을 타고 내 안에 쌓이고 소화되고 배출되었다.

국수에 대한 애정을 함께 나눈 최초의 동지는 고모다. 고모는 내가 국수를 좋아하는 사람임을 공식 인정해주고 '우리는 국수를 좋아하니까'라는 흐뭇한 연대의식을 갖게 해주었다.

마루가 꺼질까 걱정되어 살금살금 걸어 다닐 만큼 낡은 수유리 집에서 우리 3남매와 엄마, 아빠, 할머니, 아직 장가 안 간 삼촌과 함께 살았던 그녀는 내게 어쩌면 엄마보다도 가깝고 그 누구보다 친한 여자였다.

당시에는 몰랐지만 그녀는 수십 년 전 할머니의 공장에 미싱일을 배우러 온 어린 여공이었다. 그러다 할머니의 수양딸이 되었고, 내가 기억할 수 있었던 시절에는 이미 당연한 우리의 식구였다. 따지고 보면 피붙이도 아니건만, 고모와 나는 퍽이나 죽이 잘 맞았다. 고모는 다른 가족들과 달리 나를 그냥 어린애 취급하지 않았다. 그리고 그녀는 어디에 내놔도 좌중을 휘어잡는 어마어마한 욕쟁이였다. 당시 나는 초딩이 되기도 전부터 꼬박꼬박 말대답 잘하는 독한 년으로 가족 내에서나 이웃에서 명성을 떨치고 있던 바, 우리는 욕설과 따짐으로 일관하는 대화 속에서 남모를 동지애를 느끼던, 각별한 고모와 조카였다.

그랬던 그녀가 독립을 하여 수유리에서 버스 타고 한 시간은 족히 가야 하는 보문동이란 곳에 집을 얻어 살게 되었다. 그 날은 보고 싶었던 고모가 나와 어린 동생을 데려다 자취방에서 하룻밤을 재우기로 한 날이었다. 우린 한껏 들떴다. 낯선 곳, 고모와의 하룻밤.

나이 많은 독신인 그녀가 혼자 꾸린 살림은 단출했지만 오붓했고, 그곳에서 귀엽게 여기는 조카를 맞아 그녀가 해준 첫 식사가 국수였다. 멸치로 국물을 내고 계란과 볶은 야채를 꾸미로 얹은 잔치국수. 맛은 사실잘 기억나지 않는다. 그냥 소박하고 단순한 맛. 좀 심심했던 것도 같다. 그런데 고모가 잔치국수를 얹은 작은 밥상을 내오며 그랬다.

"너, 국수 좋아하잖아."

그때였던 것 같다. 내가 국수를 좋아한다는 사실을 처음 알게 된 것이. 사실 나에게는 내가 국수를 좋아한다는 자각이 없었다. 큰며느리로서 식구들 뒤치다꺼리에 대소사를 챙기느라 늘 바쁜 엄마에게 어린 딸의 입맛까지 존중할 여유는 없으리라는 직감 때문이었는지 모르겠다. 그때까지 나는 무얼 좋아한다고 일부러 챙겨주는 배려를 받아본 기억이 없다. 그래서 그 짧은 식사가 그리 오래 기억에 남았나 보다. 그리고 그것이 평생 국수를 좋아하게 된 계기가 되었다는 생각이 이제야 든다. 그러니 국수애호가로서의 내 정체성을 처음으로 설정해준 사람은, 고모가 맞다.

작고 주름지고 정다운 고모의 얼굴을 떠올린다. 아마도 당시의 그녀는 나름 꽃다운 나이였을 텐데, 내 기억 속의 고모는 젊고 새침한 아가씨와는 거리가 멀다. 혼자서 세상을 씩씩하게 살아가는 억세고 다부진 아줌마의 모습이다. 그러고 보니 내 주변의 여자들은 다들 이렇게 제 손으로 밥벌이를 하고 그러지 않으면 안 된다고 다짐하며 억척스레 살아가는 여자들이구나… 그것참.

나는 지금도 혼자 먹는 점심이라면 십중팔구는 국수를 먹는다. 그중에서도 자주 찾는 것이 잔치국수다. 바깥에서 먹어야 하는 경우에는 가까운 식당을 찾아 가게마다 소소한 차이를 음미해보는 재미를 즐기고, 집에 있을 때는 멸치로 국물을 내고 국수를 삶고 양념장을 만드는 번거로운 과정을 기꺼이 감수한다.

집에서 먹는 날이면 먼저 구수하고 간간하고 비릿한 멸치 국물을 내고, 청양고추, 마늘, 멸치액젓과 진간장, 고춧가루를 적당히 섞어 칼칼한 양념장을 만든다. 그리고 기분에 따라 굵고 씹는 맛이 있는 중면 또는 그냥그냥 술술 넘어가는 소면, 쫄깃하고 신선한 식감이 흐뭇한 생면을 양껏 담아내 만들어놓은 양념장을 얹는다. 작은 밥상 위에 잘 익은 시원한 김치 한 종지와 그 옆에 놓인 국수 한 그릇에 모든 긴장이 풀어지는, 이 흐뭇한 여유. 집이라면 좋아하는 미드라도 한 편 틀어놓고, 바깥이라면 영화잡지라도 한 권 펼쳐놓고 천천히 한 그릇을 비운다. 국수는 술술 넘어가고 글은 맛나게 읽힌다.

그러고 보니 나는 왜 고모에게 잔치국수 한 그릇 사드릴 생각을 못했을까? 이제 작은 절의 주지스님이 된 고모. 불공에, 마을 사람들의 카운슬러 노릇에, 이래저래 바쁜 고모는 암자를 쉽게 비우지 못한다. 그래도 가끔씩 회사 다니며 애 키우느라 고생한다며 불공드린 과일들을 한 상자 가득 택배로 보내준다. 하지만 나는 그 애정에 화답 한 번 제대로 한 적이 없다. 왜 그랬을까? 왜 그러고 살았을까?

고모가 암자에 들어간 지 이제 20여 년 가까이 될 것이다. 가끔 정말 모든 걸 때려치우고 어딘가로 떠나고 싶을 때, 휴식이 절실할 때, 나도 모르게 고모와 고모의 암자를 떠올린다. 하지만 자발적으로 찾아간 적은 없다. 아이를 돌보고 일을 한다는 것이 그렇게 엄청난 일이었을까?

나는 세상에서 제일 바쁜 조카고 손녀고 딸이었다. 친척들 사이에 워낙 잘난 워킹맘으로 포지션되어 있어서 어떤 가족행사와 인사치레를 무시해도 다들 그러려니 했다.

"너한테 잘 정말 어울릴 거야, 종희야."

"백화점에 납품하는 옷이야."

"옷 한 벌 해주고 싶어서 그래."

그렇게 꼭 한 번 들르라고 수차례 신신당부하던 삼촌의 애정에도 답한 적이 없다.

내게 그토록 애정을 쏟았던, 그러나 나는 철저히 무심했던 친척들. 40 평생 가장 친숙하고 맛있는 음식인 잔치국수를 생각하며 지금은 명절에나 보는 사이지만 한때 밥상을 같이하는 사이였던 삼촌과 고모를 떠올리는 것은 무슨 까닭일까? 그토록 피해가려던 나의 이야기, 나의 역사를 막 삶아 헹궈낸 국수 가락처럼 술술 풀어놓게 되는 이유가 무엇일까?

국수는 내게 그냥 한 끼를 때워주는 음식이 아니다. 서글픈 유년의 추억에서 절박한 성년의 사춘기에 이르기까지, 어느 순간에나 존재했던 국수의 소소한 기억들. 과거는 길고 가늘게, 때로는 이로 질끈 끊어내고 싶어도 결국에는 이어질 국수 가락을 타고 내 안에 쌓이고 소화되고 배출되었다. 그것이 나의 오래된 미래이며 가보지 못한 시간을 달릴 힘인 것을 이제야, 알겠다. 그러므로 나는 먼저 되짚어야 한다. 그 기나긴 순간들, 소소하고 엄청나고 슬프고 기쁘게 떠오르는 기억들을.

유전자에 새겨진 입맛, 평양냉면

식구(食口). 먹는 입들. 한 솥의 밥을 모자라든 남든 나눠 먹어야 하는 사이. 세상 그 어느 누구보다 많이 한 상에서 밥을 먹은 사이이므로 우리는 가족이다. 그리하여 헤아릴 수 없이 아득한 밥상의 추억을 공유했기에 가족이다. 누가 가르쳐주지 않아도 냉면 면발을 끊어 먹지 않는 신실한 면식수행자의 자세를 타고났기에, 우리는 가족이다. 아, 그렇다. '쿵푸팬더'의 아버지가 말했듯, 우리 가문의 혈관 속엔 피가 아닌 냉면 육수가 흐를지도 모를 일이다.

단언건대, 모든 면식인(麵食人)들에게 냉면의 세계는 제대로 된 평양냉면을 경험하기 전과 후로 나뉜다. 국수로 세 끼를 먹어도 족한 사람들, 그러니까 '아침 소면-점심 칼국수-저녁 냉면'으로 행복할 수 있는 사람들에게 평양냉면은 궁극에 이르는 맛, 신성불가침의 그것이다. 평양냉면의 슴슴하면서도 오묘한, 깊이를 가늠할 수 없는 맛은 단번에 혀끝을 마비시키는 프랜차이즈 함흥냉면이나 빙초산의 은혜를 듬뿍 받은 여타 물냉면들과 아예 다른 차원의 것이다. 때문에 주로 고깃집의 후식으로만 냉면을 즐기는 이들이 단박에 이해하기는 어렵다는 점, 인정한다.

말하자면 평양냉면은, 한없이 '원'에 가까운 맛이다. 더할 것도 덜어낼 것도 없는, 완벽히 중용의 경지에 다다른 맛이랄까. 이 완벽하게 단순한, 단순해서 완벽한 조화를 어찌 단박에 이해할 수 있단 말인가. 그래서 나는 그런 이들에게 "그냥 계속 먹어봐. 먹다 보면 알게 될 거야." 하고 말한다. 그들에 비하면 모태 신앙의 경지에서 평양냉면을 접했던 나는, 그렇다. 은혜 받았다.

나는 장충동에서 났다. 알다시피 장충동은 돼지족발의 성지고, 평양냉면의 보루다. 장충동의 끝, 지금은 별도의 주차타워가 들어선 평양냉면집의 위용은 여름철 점심나절에 가면 확실히 알 수 있다. 뜨거운 여름 땡볕도 아랑곳 않고 줄을 선 양복쟁이들과 줄지어 들어오는 차들. 하지만 30여 년 전 이곳은 평화시장에서 도매상으로 잔뼈가 굵은 이북 출신 상인들이 고향 맛이 그리울 때 찾는 소박한 식당이었다.

나의 할머니도 그랬다. 6·25가 터지기 전에 이미 숙청이 시작된 고향에서 할머니는 네 살 난 아버지와 아홉 살 고모를 데리고 목숨을 건 피난길에 나서야 했다. 그리고 그 고난의 피난길 내내 신줏단지처럼 끌어

안은 짐 보따리 안에 싱거 미싱이 있었다. 열네 살에 민며느리로 시집오면서 들고 온 유일한 예단이었던 재봉틀 덕분에 우리 가족은 평화시장에 자리를 잡았다고, 아버지는 말했다. 평화통일을 바란 피난민들이 모여 만든 장터, 그래서 이름도 평화시장이었다는 그곳에서 할머니는 칠순이 될 때까지 새벽 5시에 셔터 문을 열고, 가새('가위'의 평북 방언)로 산더미처럼 쌓인 작업복 바지의 실밥을 따며 새벽길을 달려온 상인들과 흥정을 하고, 오후 4시면 다시 셔터 문을 닫는 생활을 계속했다. 그렇게 이른 하루를 마감하면 자동차가 오를 엄두를 낼 수 없을 만치 숨 가쁘게 경사진 언덕에 일본식 양옥이 다닥다닥 붙은 장충동 골목으로 뜨끈한 순대봉지를 사 들고 퇴근하곤 했다. 그러니 장충동의 터줏대감 격인 두 식당은 처음부터 우리 식구의 외식성지가 될 운명이었다.

그 시절 1년에 한두 번 있을까 말까 한 외식에 우리 식구가 찾는 곳은 정해져 있었다. 장충동에서 평화시장으로 이어지는 골목, 그 양쪽 끝에 위치한 두 집. '평양면옥'과 '평남집'이었다. 고기가 당기면 찾았던 평남집. 윤기 흐르는 족발 한 접시와 기름기 자르르한 빈대떡. 아, 맛있었다. 반투명한 갈색 젤리 같은 비계가 두툼하게 감싼, 그 찰진 돼지 뒷다리의 자태는 지금도 잊지 못하겠다.

그리고 평양냉면. 내가 맛본 최초의 냉면이 그 집 것이었음은 분명한데, 아쉽게도 당시의 냉면 맛은 기억나지 않는다. 그때 식당 안에 젊은 사람들은 없었다. 할머니와 같은 말투를 쓰는 노인들이 삼삼오오 앉아 있는 가운데, 우리 남매처럼 부모 손에 이끌려 찾아온 어린아이들이 가족 단위의 식객들 사이에 드문드문 끼여 있었다. 할머니, 아빠, 엄마, 삼촌, 오빠, 동생과 나까지 일곱 식구가 총출동한 외식에서 식구들은 예외없이 물냉면을 시켰다. 평양냉면집에서나 우리 식구들 사이에서나 비빔냉면 따위의 예외는 배신이었다. 오로지 곱빼기냐 아니냐의 선택만이 존재했을 뿐.

어쩌다 여유를 부릴라치면 불고기를 추가했다. 이북식 불고기는 미리 양념을 해서 재워두지 않고 즉석에서 양념을 섞어주는 방식이라 고기의 신선함을 눈으로 확인할 수 있었다. 그리고 국물이 자박하게 모일 정도인 여느 불고기와 달리, 거의 전골에 가까울 정도로 양념 국물이 넉넉했다. 이는 불판과 냄비의 중간 형태를 띤 특수한 '그릇'에서 조리되었기 때문이다. 가운데가 산처럼 솟은 불판에서 야들야들하게 익은 고기를 먼저 해치우고 나면, 우묵한 가장자리에서 부글부글 끓고 있는 국물에 국수사리를 투하해 먹었다. 맛이 너무 강하지 않고 달지 않아 자꾸만 손이 가는 양념 국물에 면발을 익히면 그 맛이 기가 막혔다. 게다가 세 남매가 질세라 집어먹다 보면 눈 깜짝할 새 사라지는 보통 불고기와 달리 메밀 면을 추가해 먹으니 넉넉하기까지 했다. 어떤 성찬이든 국물이 없으면 서운한 내게는 최고의 불고기였다. 그리고 빠질 수 없는 만두! 이 어른 주먹만 한 이북식 만두는 두부와 돼지고기와 김치가 꽉 들어차 있어 찐만두로도 좋았지만, 덩치 좋은 만두 몇 개를 중심으로 넉넉한 국물에 빨간 고기버섯 고명이 자리한 만둣국의 위용 또한 만만찮았다.

하지만 이런 메뉴들은 모두 냉면을 맛있게 먹기 위한 전희에 불과했다. 머릿수건을 동여 맨 종업원이 내 얼굴보다 한참은 커 보이는 냉면그릇 일곱 개를 한 쟁반에 담아 들고 오는 장면을 보고 있노라면, 어린 눈에는 이것들이 비행접시처럼 날아오는 것 같았다. 이 거대한 냉면그릇을 받아 보면 갓 떠온 약수처럼 투명하여 일명 '맹물'이라 불리는, 살짝 노란빛이 감도는 맑은 육수에 소면보다는 조금 굵은 면발이 둥글게 말려 있고, 거기에 비계와 살의 배합이 절묘한 돼지고기 편육이 한두 조각, 그보다 더 얇게 저민 쇠고기 편육이 또 한 조각 얹혀 있었다. 그 밑에는 납작 썬 배와 무절임이 깔려 있고, 물론 면발과 고명의 정점에는 완숙달걀 반쪽이 살포시 올라앉아 있었다.

이 우아한 냉면에 허용되는 기본양념은 물론 식초와 겨자. 가게에 따라 고춧가루와 간장이 추가되기도 한다. 우리 남매는 아버지에게 이 순수한 냉면에 식초 한두 방울과 겨자 약간, 고춧가루를 아주 살짝 더하고 그날의 국물 간을 봐서 간장은 생략하거나 한두 방울을 조심스레 떨어뜨려 원 육수의 풍미를 해치지 않고 간하는 법을 배웠다. 가위는 받아두지만 국수는 자르지 않는다. 본디 국수의 긴 면발에는 장수를 기원하는 뜻이 들어 있기에 웬만해선 잘라먹지 않는 게 예의라 했다. 거기다 메밀과 밀의 배합으로만 이뤄진 면발은 전분 함량이 높은 함흥냉면과 달리 노인네 잇몸으로 끊어 먹기에도 무리가 없었다.

1977년, 장충동 시대를 마감한 후 우리 식구는 딱 두 번 이사했다. 서울특별시에 속하면서도 '동'이 아닌 '리'를 꼬리표처럼 달고 있는 수유리로 이사했고, 후엔 그보다 더 북쪽, 북한산이 병풍처럼 둘러싸고 있는 우이동 산자락으로 이사했다. 그러고 나니 장충동이 너무 멀어졌다. 하지만 우리에게는 의정부 '평양면옥'이 있었다! 지역이 외져서 그렇지 그 유명한 '을지면옥'과 '필동면옥'의 뿌리가 된, 진짜배기 평양냉면집이었다.

여름이든 겨울이든 "냉면 먹으러 가자." 하는 한마디에 온 식구가 군기 바짝 든 신병들처럼 앞다퉈 신발을 신던 모습이 생각난다. 생채기 가득한 포마이카 식탁에 보기에도 넉넉한 '스뎅' 냉면그릇을 조상의 제기라도 되는 양 모셔놓고, 온 식구가 그렇게 의식처럼 축제처럼 동질의 입맛을 확인하곤 했다.

시간이 흘러 할머니와 아버지 대신 남편과 두 아들의 손을 잡고 평양면옥을 찾았다. 이제 막 열 살과 여섯 살이 된 두 녀석은 이 낯선 국수를 국물 한 방울 남기지 않고 흡입했다. 앞서도 말했지만 한 입맛 한다는 사람들도 단번에 맛을 알기 어려워 처음 먹을 때는 이게 웬 맹물이냐며 한 소리를 하게 되는 게 평양냉면이다. 그런데 녀석들은 첫 방에 냉면계의 신동으로 데뷔한 뒤, 웬만한 고깃집의 냉면은 거들떠보지도 않으면서 서울 시내에 제대로 한다고 소문난 평양냉면집에서는 귀신같이 그 맛을 알고 곱빼기를 해치우는 천재성을 보여주었다. 이것이 모태 신앙,

아니 모태 면식의 힘인 것인가? 아, 이 우습고 신기한 소식을 전했을 때 아버지의 의기양양한 표정을 잊을 수 없다.

"그럼 그렇지. 여섯 살짜리 녀석이 냉면 맛을 알고 곱빼기를… 보통 내기가 아니야. 그놈 참…."

아버지는 아이가 첫걸음마에 성공했을 때보다 더 대견해했다.

혈육. 같은 피, 같은 살로 빚어진 세상에서 가장 원초적인 집단. 그러나 혈육이나 가족이라는 표현보다 이 일단의 무리를 이어주는 더 본질적인 표현은 '식구(食口)'라는 말이 아닐까. 먹는 입들, 한 솥의 밥을 모자라든 남든 나눠 먹어야 하는 사이. 같은 피를 타고났다지만, 같은 유전자를 공유했다지만, 그런 건 눈에 보이지 않는 개념 속에 존재할 뿐이다. 우리는 세상 그 어느 누구보다 많이 한 상에서 밥을 먹은 사이이므로 가족이다. 그리하여 헤아릴 수 없이 아득한 밥상의 추억을 공유했기에 가족이다. 누가 가르쳐주지 않아도 냉면 면발을 끊어 먹지 않는 신실한 면식수행자의 자세를 타고났기에, 우리는 가족이다. 아, 그렇다. '쿵푸팬더'의 아버지가 말했듯, 우리 가문의 혈관 속엔 피가 아닌 냉면 육수가 흐를지도 모를 일이다. 우리에게 평양냉면은 혈육의 의미를 일깨우는 맛, 할머니에서 아버지로, 나와 내 아들에게로 이어지는 유전자에 새겨진 입맛이다.

오빠 먼저, 동생 먼저, 5천만의 라면

라면도 순했고, '형님 먼저 아우 먼저'를 외치는 광고도 순했고, 엄마 없는 평일 오후, 어린 3남매가 하루 종일 대문 열어놓은 집을 지켜도 걱정 없는 동네 인심도 순했고, 한바탕 동네를 뛰어다니다 돌아와 젖은 털을 부르르 털어내며 영민한 눈빛으로 어린 남매 곁을 지키던 메리도 순했다. '쇠고기 맛' 라면처럼, 다들 순하던 시절이었다.

뜨거운 여름의 끝, 흙바닥이 죄다 갈라질 정도로 심한 가뭄 끝에 드디어 반가운 소나기가 내리나 싶더니 광풍과 함께 어마어마한 비가 쏟아진다. 오늘은 아침부터 여름의 끝을 잡고 갈 시원한 빗줄기가 여름 내내 뒤집어쓴 먼지로 흐리멍덩해진 동네를 씻어내고 있다. 이런 날은 당연히 집에 눌러앉아 베란다 밖으로 쏟아지는 빗줄기를 내다보며 라면을 끓여야 한다.

비를 좋아하는 큰아이는 이런 날 우산을 들고 골목 탐험을 즐기러 뛰어나간다. 할머니가 숭덩 썰어낸 칼국수 면발처럼 굵은 빗줄기에 흠뻑 젖어 돌아올 무렵이면 밥솥에서 내어놓은 밥이 마춤 식어 있고, 나는 잘 익은 김장 김치에서 따로 꺼내둔 배추 꼭다리를 넣어 끓인 물에 라면을 투하한다. 그리고 달걀 한 알을 조심스레 깨뜨려 아직 딱딱한 면발 위에서 그대로 익힌다. 그냥 라면을 끓일 때보다 넉넉하게 잡은 시원한 김칫국에 살짝 덜 익은 라면 면발이 떠오르면 가스 불을 끈다. 이제 뚜껑을 닫고 숨이 죽도록 조금 둔 뒤, 꺼내둔 대접에 꼬들한 면발과 절묘하게 반숙이 된 수란, 시원한 국물을 던다. 이 조합에 익은 김치는 기본. 친정 엄마가 여름이면 한 항아리씩 담가두는 소금물에 삭힌 오이지가 있으면 금상첨화다.

이중창으로 마감한 아파트에서 창문을 열지 않고는 빗소리가 들리지 않는다. 비가 들이치지 않을 정도로 살짝 창문을 열어 뱃속까지 시원해지는 빗줄기의 음향효과를 누리며 뜨거운 김을 내뿜는 라면을 한 젓갈 들어 올린다. 눈을 가리는 뜨거운 김에 흐릿해진 큰아이 모습에 짧은 머리를 한 어린 내가 겹친다. 마른 체격에 목이 길어 ET라는 별명으로 통하는 큰아이는 확실히 제 아빠보다는 엄마를 닮았다.

이렇게 굵은 빗줄기가 우두두둑 떨어지는 창밖을 내다볼 때면 어느샌가 어릴 적 살던 수유리 골목 끝 옛집의 널찍한 마루로 되돌아간다.

덜컹 드르륵, 육중한 소리와 함께 힘겹게 미끄러지던 마루 미닫이 유리문을 열고, 처마 밑에서 위태롭게 비를 피하는 형제들의 신발들을 모조리 걷어 올려 마루 끝에 깐 신문지 위에 조심스레 진열한다. 이 비가 얼마나 계속될지 몰라도 하나밖에 없는 운동화를 적시면 낭패다. 비에 젖은 운동화는 마른 뒤에도 젖은 똥개 녀석 메리처럼 구리구리한 냄새가 난단 말이다. 오빠랑 동생은 아까부터 라면을 끓인다고 부산을 떨고 있다. 라면에 관한 한 자린고비 노릇을 하는 엄마도 웬일인지 이런 날에는 외출하고 없다. 덕분에 우리끼리 먹고 싶은 라면을 맘대로 끓여 먹는 호사를 누릴 수 있다.

'라면은 수프, 수프는 삼양'이라 자랑하던 '삼양라면'도 좋고, '형님 먼저 아우 먼저'를 노래하던 '농심라면'도 좋았다. 진짜 된장을 넣어 구수하다던 '된장라면'은 오빠가 엄청 좋아했다. 당시 가장 신제품이었던 '안성탕면'은 내가 챙겼다. 어차피 한 냄비에 끓이면 된장라면이고 삼양라면이고 간에 제3의 맛으로 수렴될 운명이지만 나름의 기호를 존중한 각자의 라면이 사이좋게 한데 끓어오르는 냄비에 오빠는 매운 고춧가루를 한 술 뿌려 '오늘의 라면'을 완성했다. 매운 걸 좋아하는 나와 오빠는 신나게 국물까지 싹 비웠고, 아직 매운 맛이 힘겨운 어린 동생은 물을 몇 컵씩 들이키면서도 밥까지 말아 세 살 언니인 나보다 늘 더 먹었다.

그래도 그때 라면은 요즘 나오는 '신라면'을 필두로 한 매운 라면 계열에 비하면 대개 '쇠고기 맛'을 강조하는 순한 라면들이었다. 라면도 순했고, '형님 먼저 아우 먼저'를 외치는 광고도 순했고, 엄마 없는 평일 오후, 어린 3남매가 하루 종일 대문 열어놓은 집을 지켜도 걱정 없는 동네 인심도 순했고, 한바탕 동네를 뛰어다니다 돌아와 젖은 털을 부르르 털어내며 영민한 눈빛으로 어린 남매 곁을 지키던 메리도 순했다. '쇠고기 맛' 라면처럼, 다들 순하던 시절이었다.

　내 인생 최초의 요리는 라면이었다. 적어도 1963년(1963년에 국내에서는 최초로 삼양식품에서 라면을 발매했다.) 이후 태어난 한국인들에게 라면은 거의 예외 없이 제 손으로 만들어본 최초의 한 끼일 것이다. 뭐든 스스로 만들어보고 싶은 아이들에게 엄마의 공간인 부엌은 금기의 매력으로 가득한 곳이다. 신나고 경쾌한 칼질과 보글보글 끓어오르는 냄비를 볼 때마다 남자아이건 여자아이건 내 손으로 도마 위에서 칼질을 하고 커다란 국자로 간을 맞추어 마법처럼 맛있는 음식을 만들어내는 그 순간을 어서 빨리 경험하고 싶어 한다. 그것은 연금술사의 의식과도 같은, 신비한 생성과 창조의 행위다. 이 마법과 같은 첫 경험의 순간, 염려 가득한 엄마의 눈길에서 벗어나 내 손으로 가스 불을 켜는 순간을 맞아 가장 먼저 할 수 있는 요리는 십중팔구 조리하기 쉽고 맛도 좋은, 망쳐도 크게 아쉬울 것 없게 가격까지 만만한 라면이다.

　냄비에 물을 한 컵 반 정도 넣은 후 가스레인지에 냄비를 올린다. 약 3~4분 뒤 물이 끓어오르면 봉지를 뜯어 라면과 수프를 넣는다. 수프를 먼저 넣어 끓일까, 라면과 함께 넣을까 하는 고민에는 《걸리버여행기》

에서 소인국 전쟁의 씨앗이 된 '반숙달걀을 어느 쪽으로 깔 것인가' 하는 문제에 버금가는 해묵은 논쟁이 걸려 있지만, 초보자에게는 지나치게 난해한 문제이므로 일단 넘어가자. 3분이면 끝이라던 라면 조리법을 지키느라 '참을 인' 자를 100번쯤 쓴 것 같은 영원의 순간이 지나가면, 드디어 라면을 맛볼 차례다.

핫, 뜨거워! 김이 올라오는 냄비를 바라보는 눈길에 하트가 어린다. 이토록 간단한 레시피대로 끓여낸 첫 라면을 후루룩 들이키며 흐뭇했던 기억이 거의 모든 한국인들에게 존재하지 않을까? 그 강렬하고 구수한 경험은 스트레스가 정수리까지 차 폭발할 지경인 순간에도, 출장 중 빡빡한 빵과 느끼한 고기에 질려버린 순간에도 가장 먼저 얼큰 시원한 라면을 떠올리게 한다. 한국인에게 라면은 컴포트푸드로 각인되어 있다.

'컴포트푸드'는 향수를 자극하거나 스트레스 상황에서 생각나는 음식으로, 대개 탄수화물 함량이 높고 요리가 간편하여 먹고 나면 확실한 포만감과 함께 기분 전환이 되는 음식을 지칭한다. 심리학자 리언 레퍼포트에 따르면 젊은 미국 사람들이 가장 사랑하는 컴포트푸드는 치즈에 버무린 마카로니다. 마카로니 치즈라 불리는 이 국수는 캔에 든 것을 꺼내 전자레인지에 몇 분 덥히기만 하면 되는 간편 음식으로 많이 섭취한다. 미국인들이 녹아내리는 치즈의 고소한 냄새와 함께 텅 빈 위를 든든하게 채워주는 탄수화물의 첨병인 마카로니를 사랑하는 것은, 국물을 사랑하는 탕반(湯飯) 문화의 한국인이 라면의 얼큰 시원한 국물과 든든하게 속을 채워주는 면발을 사랑하는 것과 비슷한 이치일 것이다.

5천만의 컴포트푸드, '끓는 물에 풍덩~ 3분이면 끝!'이라는 라면도 취향에 따라 수십, 수백 가지의 개별화가 가능한 창의적인 요리가 된다. 된장라면이 절판된 뒤 애석해하던 오빠는 고추장을 살짝 풀어 넣은 라면이 딱 그 맛이라고 했다. 한때 나는 청양고추에 김치를 넣은 극한의 얼큰이 라면을 사랑했다. 버터 입맛 아빠는 라면이 한참 끓어오를 때쯤 달걀을 넣어 반숙을 만들고 불을 끈 뒤 치즈를 한 장 얹는, 나로서는 도저히 이해할 수 없는 느끼 버전의 라면을 엄마에게 주문하였다. 식구들의 취향대로 만들던 이런저런 라면을 떠올리다 생각난 김에 지인들에게 본인만의 라면 비법이 있는지 물어보았다. 아, 그때 깨달았다. 라면은 표준화된 레시피에 갇힌 인스턴트 누들이 아니라 5천만이 각기 다른 비법을 보유하고 있을 정도로 가장 친숙한 컴포트푸드였다. 위안이 되는 음식, 나를 가장 편안한 시간으로 돌아가게 해주는 음식, 그게 라면이었던 것이다.

나만의 레시피

※지인들이 공유해준 '나만의 라면' 비법!
혼자 있는 오후에 한 번쯤 시도해도 후회 없을 검증된 레시피!

- 얇은 냄비, 센 불에 확! 꼬들하게 끓여낸 양은냄비라면!
- '너구리'에 다시마 한 장 더! 감칠맛의 결정체, 다시너굴라면!
- 그릇보다는 뚜껑, 뚜껑보다는 국자에 담아 몰래 먹어야 제맛, 나혼자라면!
- 파랑 고추 송송 썰어 넣고 끓이면, 칼칼한 엄마표라면!
- 자체 예술 '신라면'은 그저 마늘 한 알만 추가해도 완벽, 넘사벽신라면!
- 삶은 달걀 하나를 통째로! 여름에는 오른손+왼손, 두 손으로 비벼 먹어도 되는
  통큰비빔면!
- 보이차 우려낸 물에 수프는 2/3만! 궁극의 담백함, 보이라면!
- 야구 볼 땐 단연코! 류현진~라면에 계란 풀어!
- '뿌셔뿌셔'에 가루수프를 찍으면 콜라랑 완전 콤비, 생쫄병라면!
- 바글바글 뚝배기에 끓여 먹는 레알찌개면!
- 부산어묵 잔뜩 넣은 부산갈매기라면!
- 묵은 김치 꼭다리를 넣어 끓인 시~원한 국물에 노른자가 1/3쯤 익은 수란이 예술,
  김장예술라면!
- 팔팔 끓여 불을 끄고 화룡점정 노란 치즈를 얹어 눅진하게 녹이면, 치즈라면!
- 오징어 몇 조각과 콩나물 한 움큼의 마법, 해장라면!
- 냉장고 청소와 조리를 동시에! 각종 남은 야채와 소시지 투하, 완전식품꼬투리라면!
- 김치, 스팸, 비엔나소시지에 어묵, 양파, 양배추까지 호화롭게, 부대라면!
- 단언건대 참치랑 김치는 연인입니다! 찰떡궁합 참치김치라면!

고속도로의 막간 휴식, 가락국수

❀❀ 이제 피서라는 말은 여름휴가에 밀려 사라졌다. 정말 큰 맘을 먹어야 떠날 수 있는, 1년에 단 한 번뿐인 온 식구의 바다 구경. 피서는 그렇다. 에어컨 따위 구경하기 힘든 시절, 선풍기 하나로 온 식구가 버티던 시절에 혹독한 더위, 고단한 일상을 피해 잠시 다른 세계로 떠나는 것, 그것이 피서였다. 주말이면 산으로 바다로 나갈 수 있는 주 5일제의 여유 있는 생활에는 피서라는 말이 어울리지 않는다. 그건 그냥 휴가다. 주말여행이다. ❀❀

나에게 가락국수는 여름 피서다. 피서, 우리 가족이 더위를 피하러 가는 곳은 무조건 강원도였다. 망상, 하조대, 화진포, 낙산사, 경포대가 있는 곳.

"바다가 깨끗하니까."

아버지는 한결같이 동해안을 피서 장소로 택하며 그리 말했다. 하긴 서해안의 황토 섞인 듯 탁한 물빛과 달리 동해 바다는 한여름에도 한기가 느껴질 만큼 시퍼렜다. 그만큼 차기도 해서 한참을 물속에서 놀다 보면 어느새 입술은 보랏빛이 되고 온몸은 덜덜 떨려왔다. 이를 녹일 수 있는 방법은 햇볕에 달궈진 뜨끈한 모래에 찜질을 하는 것뿐이었다.

피서길은 이른 아침 고속도로에 진입하는 것으로 시작해 해가 중천에 오를 무렵, 기착지인 휴게소에서 가락국수 한 그릇을 때리는 것으로 정점을 찍었다. 그러고도 또 한참을 달려 멀미에 시달린 내 얼굴에 노란 꽃이 필 무렵이면 드디어 고속도로 아스팔트 위로 두둥실, 바다가 떠올랐다. 바다, 저 거대한 물그릇. 냉면그릇처럼 넉넉하게 둥근 저 바다.

일단 바다에 도착하면 소금기 섞인 바닷바람과 미숫가루 언덕 같은 모래밭, 짙푸른 바다 앞에서 모든 것이 풀어지는 해방감을 맛볼 수 있었다. 그러나 서울의 북쪽 끝, 수유리 산자락에서 복닥대며 학교에 다니고 살림을 하고 회사에 다니던 우리 식구가 동해의 시원하게 짙푸른 바닷물에 발을 담그려면 상당한 각오가 필요했다.

지금이야 서울-춘천 간 고속도로가 있고, 산이야 거기에 있든 말든 뻥뻥 뚫린 터널이 있으니 끽해야 두세 시간이면 가는 길이지만, 당시에 동해를 가려면 그저 그 험난한 산들을 생긴 모양대로 조심조심 타 넘어야 했다. 한계령, 미시령, 대관령, 진부령으로 끝없이 이어지는 령(嶺)들, '고개'라는 말이 무색하게 까마득한 절벽을 굽이굽이 타고 넘어야만 하는 그 길을 쌩쌩 달릴 수는 없었으므로 가는 길이 그만큼 험하고 더뎠다.

처음으로 피서를 가본 것은 일곱 살 때였을 것이다. 아버지가 다니던 회사에서 단체로 고속버스를 빌렸다. 전 직원과 가족들이 함께하는 단체피서. 이런 것을 요즘도 가는지 모르겠다. 아버지는 차만 타면 멀미를 하는 내가 다른 일행들에게 민폐를 끼치는 일이 없도록 멀미약을 먹이고 가는 내내 병자 뒷바라지하듯 나를 살폈다. 바다가 나올 때까지 나는 가능한 좌석을 뒤로 젖혀놓고 늘어져서는 줄곧 잠이 깨는 일이 없기를, 그래서 익숙지 않은 버스의 진동과 메스꺼운 석유 냄새를 잊을 수 있기를 바라며 여섯 시간을 버텼다. 서울 촌놈 바다 구경 한 번 하기가 참, 그땐 험난했다.

일단 타면 맘대로 정차할 수 없는 단체관광버스에서 해방되어 우리 식구들만의 오붓한 피서길에 나서게 된 것은 아버지가 우리 가족에게 맞는 차를 마련하면서부터였다. 크림빛의 우아한 차체, 널찍한 뒷좌석, 엄마 무릎 위에 막내가 앉아 가면 우리 식구 여섯 명이 탑승하는 데 불편함이 없는 '스텔라'였다. 지금은 단종되어 볼 수 없지만 이 차는 '포니'의 성공 이후 현대가 야심차게 내놓은 첫 준중형 세단이었다. 기계류라면 뭐든지 새 것을 사고 보는 얼리어답터 아버지는 1983년에 스텔라가 출시되자마자 낡은 포니를 팔아 치우고 바로 신모델을 장만하였다. 수유리 산자락 밑 낡은 단층 주택들이 다닥다닥 붙어 있는 골목에서 이런 멋진 차를 가진 집은 우리 집뿐인 듯했다. '우와, 우리도 이제 부자가 되었구나.' 열한 살이었던 나는 이 새 차를 타고 '드라이브'를 나설 때마다 동네 아이들이 주위에 없는지 둘러보면서 어깨를 으쓱하곤 했다.

두통과 구역질에 시달리는 차멀미에서 졸업한 것은 아니어도 원할 때 정차할 수 있는 자가용을 이용하면서 우리의 피서길은 훨씬 우아해졌다. 가다 경치 좋은 언덕이 나오면 잠시 내려 바람을 쐴 수 있는 여유가 생겼고, 침이 자꾸 넘어가고 목구멍이 조여오는 멀미의 전조 증상이 있을 때도 언제든 튀어 나갈 수 있다는 생각에 일단 맘이 편했다. 그리고 화룡정점은 바로 고속도로 휴게소! 버스 떠날까 봐 전전긍긍하지 않고 맘 놓고 주전부리를 할 수 있게 된 것이 제일 좋았다. 당시는 고속도로 휴게소가 지금처럼 편의점, 스낵바, 식당을 완벽히 구비한 장소가 아니라 간이식당과 과자류 몇 개를 놓고 파는 구멍가게의 조합이었다. 여하간 규모가 작든 크든 고속도로 휴게소의 기본 메뉴는 단연코 가락국수였고, 그것이면 충분했다. 가락국수를 먹으러 여행을 가는지, 여행을 가기 위해 가락국수를 먹는지 모를 정도로, 나는 고단한 피서길의 유일한 낙을 가락국수에서 찾았다.

가락국수는 면발이 일단 좀 불어야 한다. 워낙 면발이 두껍기 때문에 그냥 잘 익힌 정도로는 국물과 혼연일체 된 국수 가락의 황홀을 맛볼 수 없다. 가락국수는 간간하고 구수한 국물 맛이 듬뿍 밴 굵은 면발 위에 고춧가루를 한 술 뿌려서, 식초를 넉넉히 두른 단무지와 후루룩 뚝딱 먹

어치워야 하는, 여행자들을 위한 음식이다. 가락우동, 가께우동, 각기우동… 간판에 어떻게 써 있든 본질은 같다. 뿌리는 '우동'이다. 가락이 굵은 국수, 즉 우동을 순 우리말로 표현하려는 시도에서 나온 조어가 가락국수라고 했다. 가께우동, 각기우동은 일본어 '가케우동(掛けうどん·掛饂飩)'이 변형된 것이고.

가케우동이 우동 면과 가츠오부시 장국만으로 이뤄진 가장 기본적인 우동인 것처럼, 가락국수는 중면보다 굵은 면발을 충분히 삶고 여기에 한국인의 입맛에 맞는 멸치나 디포리 국물을 부은, 간단한 국수다. 고명이라야 얇게 채 썬 유부 몇 조각에 쑥갓 정도. 여기에 고춧가루를 듬뿍 얹어 단무지 서너 조각과 함께 기차역이나 고속도로 휴게소에서 후루룩 뚝딱 먹어치우는, 싸고 간편한 한국식 패스트푸드다.

그런데 요즘에는 가락국수 찾기가 힘들다. 가츠오부시를 넣은 일본식 우동을 흉내 내느라 맥없이 달달하기만 한 프랜차이즈 우동에 밀려나서다. 그 시절의 가락국수와 함께 긴긴 피서길, 자동차 뒷좌석에서 엉덩이로 자리다툼을 벌이던 어린 오빠와 동생을 생각한다. 운전을 하다 가끔 뒤돌아보며 어린 자식들에게 농을 던지던 젊은 아버지를 생각한다. 이제 나는 그때의 아버지만큼 나이를 먹었다. 1년 내내 주말도 없이 일하던 아버지가 어렵게 마련한 3박 4일의 피서길, 구불구불 아찔했던 그 고갯길들을 추억한다. 어찌나 높고 어찌나 좁은지, 안 그래도 뒷목 서늘해지는 이 까마득한 길에 올라서기만 하면 쨍쨍한 가운데 구름이 몰려

오는 것 같고, 자동차 바퀴에 밀려난 흙이 절벽 아래로 후드득 떨어지는 소리가 들리는 것 같고, 여하간 늘 음산한 기운이 감돌았다.

그런데 이 무시무시한 고갯길의 드라이브가 나는 무섭지 않았다. 두근두근한 스릴을 은근히 즐기기까지 했다. 나는 운전을 못한다. 길이 무섭고, 내가 무서워서 엄두를 못 낸다. 이토록 겁 많은 종자가 왜 그때만 유독 대담했을까? 지금 생각해보니 그건 운전대를 잡은 사람이 아버지였기 때문이다.

이제 피서라는 말은 여름휴가에 밀려 사라졌다. 정말 큰 맘을 먹어야 떠날 수 있는, 1년에 단 한 번뿐인 온 식구의 바다 구경. 피서는 그렇다. 에어컨 따위 구경하기 힘든 시절, 선풍기 하나로 온 식구가 버티던 시절에 혹독한 더위, 고단한 일상을 피해 잠시 다른 세계로 떠나는 것, 그것이 피서였다. 주말이면 산으로 바다로 나갈 수 있는 주 5일제의 여유 있는 생활에는 피서라는 말이 어울리지 않는다. 그건 그냥 휴가다. 주말여행이다.

아직 다행히 건재하신 아버지와 어머니를 모시고 이번 여름에는 어디든 여행을 가고 싶다. 이제는 편안히 뒷좌석에 앉아 계실 차례이건만, 마흔이 넘도록 자전거 타기와 자동차 운전하기를 마스터하지 못한 '허당' 딸내미는 운전대를 잡을 수 없다. 그래도 괜찮다. 이럴 때면 유난히 든든해지는 존재, 우리 남편이 있으니. 그럼 나는 휴게소에 들러 가락국수를 사드려야겠다.

숨길 수 없는 당신의 취향, 팥칼국수

걸쭉한 팥죽에 담긴 듯 묻힌 듯 흰 면발을 힐끗 드러낸 팥칼국수는 한눈에 봐도 요주의 대상. 뜨거운 면발을 생각 없이 후루룩 흡입했다가는 입천장이 다 헐어버릴 판이다. 숟갈에 면발을 딱 한 줄기 말아 올린 후 호호 불어가며 맛을 보았다. 입 안에 걸리는 것 없이 곱게 퍼지는 팥죽에 호화된 전분의 눅진한 표면과 쫄깃한 밀국수의 질감이 녹아든다. 기성품 팥죽과 달리 은은하고 차분한 단맛은 단 것과 국수의 조합을 참지 못하는 나의 취향에도 충분히 어필할 만큼 자연스러웠다.

음식은 때로 입 밖에 낸 일 없는 당신의 정체를 드러내기도 한다. 순대의 완성이 소금인가 쌈장인가, 고소한 콩국수의 화룡점정은 달달함인가 짭조름함인가. 이러한 소소한 취향은 최소한 당신의 음식역사가 어떤 지역에서 형성되었는지를 알 수 있게 해준다. 팥칼국수 역시 그러하다. 콩도 아니고 팥으로 국수를 만든다고? 이런 질문을 하는 당신은 나와 같은 서울 토박이일 확률이 높다. "없어서 못 먹지." 하고 반응하는 당신이라면 전라도에서 어린 시절을 보냈거나 적어도 부모님의 고향이 그쪽일 가능성이 크다. 팥칼국수는 대한민국 전체의 맛 지도를 집약해 놓았다는 서울에서는 찾기 힘든 메뉴다.

사전을 찾아보니 팥칼국수를 먹는 지역은 전라도, 강원도, 경남이라 기록되어 있다. 팥죽에 새알심이 아니라 손반죽한 칼국수를 넣어 먹는 이 독특한 음식을 나는 전주에서 처음 맛봤다. 회사에서 나온 후 무소속 노동자로서 처음 진행한 워크숍이 끝나고 함께했던 두 분 선배 강사와의 짧은 뒤풀이 자리에서였다. 각각 서울, 대전, 부산에 거주하는 전국구 모임이다 보니 언제 또 볼지 모를 일이라, 이대로 각자 집으로 향하기는 너무 아쉬웠다. 게다가 2박 3일간 쉴 없이 진행된 워크숍이 애매하게 4시쯤 끝났던지라 허기가 지기도 했다.

"그냥 차 타면 배고파서 멀미 나. 뭐라도 먹고 가자."

두 선배의 만류가 어찌나 반갑던지.

내가 열혈 면식수행자임을 알고 있던 선배가 전주의 대표적 면식인 팥칼국수를 제안했다. 마침 또 한 명의 동행자는 전주 토박이인 친지가 알려준 맛집으로 우리를 안내하겠다 자처했다.

"와, 진짜 맛있겠다!"

자상한 두 선배의 배려에 격렬한 반가움의 리액션을 취하긴 했으나 사실 맥이 빠졌다. 기껏 팥칼국수? 팥죽에 국수 빠뜨린 그거? 면식원리주의자였던 나는 팥죽은 단것이고, 단것은 곧 디저트이므로 국수는 디저트가 될 수 없다는 확고한 생각을 갖고 있었다. 그러므로 다디단 (것으로 추측되는) 팥칼국수는 나의 면식지도에는 없는 메뉴였다.

가게는 골목 안에 파묻혀 있었다. 그 집의 단출한 메뉴에 있는 전 품목, 그러니까 칼국수, 팥칼국수, 팥죽을 하나씩 시켰다. 자줏빛 표면에 반투명한 베일을 얹은 듯 고운 색깔의 팥죽을 국자로 휘휘 저으니 반가운 새알심이 여기저기서 떠오른다. 훌륭하구나! 손으로 직접 빚은 새알심은커녕 가위로 대충 자른 손톱만 한 인절미 조각을 두세 개 넣은 게 전부인 서울의 팥죽집들에 비하면 얼마나 실한 구성인가. 팥죽을 딱히 좋아하지는 않았지만 뜨거운 팥죽에 눅진하게 녹아든 새알심을 먹는 재미로 동짓날을 기대하던 어린 시절이 떠올랐다.

통통하고 윤기 나는 붉은 팥을 고르고 씻어 한 번 삶아낸 후 그 물을 버리고 팥이 무를 때까지 삶아 체에 거르면 고운 팥 앙금이 나온다. 여기에 물을 조절해가며 더 끓인 것이 팥죽이다. 약한 불에 올려놓은 팥죽이 눌어붙지 않도록 곁눈질하면서 찹쌀가루를 물에 개어 조약돌 같고 진주알 같은 새알심을 빚어 넣으려면, 해 짧은 겨울 오후는 어느새 후딱 지나간다. 그래서 시간이 없다 싶을 때 할머니는 손 많이 가는 새알심 대신 해둔 밥을 퍼 넣기도 했다. 그러면 나는 그해의 동지 팥죽에 손도

대지 않았다.

"이게 뭔데! 그냥 죽 됐잖아!"

울상을 짓는 손녀에게 "그럼 팥죽이 원래 죽이디 뭐간." 무심하게 답하며 사발 옆으로 한 줄기 흐르는 팥죽을 척, 손가락으로 걷어내는 할머니의 시크한 자태라니.

걸쭉한 팥죽에 담긴 듯 묻힌 듯 흰 면발을 힐끗 드러낸 팥칼국수는 한눈에 봐도 요주의 대상. 모락모락 흰 김이 겨울철 노천온천처럼 올라오는 것이, 뜨거운 면발을 생각 없이 후루룩 흡입했다가는 입천장이 다 헐어버릴 판이었다. 숟갈에 면발을 딱 한 줄기 말아 올린 후 호호 불어가며 맛을 보았다. 입 안에 걸리는 것 없이 곱게 퍼지는 팥죽에 호화된 전분의 눅진한 표면과 쫄깃한 밀국수의 질감이 녹아든다. 설탕을 잔뜩 머금은 기성품 팥죽과 달리 은은하고 차분한 단맛은 단것과 국수의 조합을 참지 못하는 나의 취향에도 충분히 어필할 만큼 자연스러웠다. 이거참, 고급스러운 단맛이구나. 설탕인지 사카린인지 모를 인공적인 조미료로 끌어낸 단맛이 아니라 질 좋은 국산 팥을 충분히 끓이고 재료에 내재한 자연의 단맛을 끌어올리기 위해 살짝 소금을 뿌려준 것이 비법이라면 비법. 여기에 전라도 지역에서는 설탕을 더해 더욱 달달하게 그 맛을 즐기고, 경남 지역에서는 소금만으로 간을 한단다. 같은 종목이지만 요리법과 조미법이 살짝 달라서 지역에 따른 취향 차이를 볼 수 있는 게 또 팥칼국수다.

도무지 식을 줄 모르는 뜨거운 죽 상태에서도 얼마간 쫄깃함을 유지한 면발을 천천히 맛보았다. 다른 칼국수는 몰라도 팥칼국수에는 기계 면을 쓸 수 없다. 기계로 반죽한 면을 넣으면 팥죽의 열기를 견디지 못하고 면발에 맛이 배어들기도 전에 그만 푹 퍼져버리기 때문이다. 그래서 오직 손반죽으로 찰지게 반죽한 수제칼국수만이 제대로 된 팥칼국수의 재료가 될 수 있다. 서로 "이게 맛있네." "저것도 맛있네." 하며 사이좋게 나눠 먹다 보니 새참으로 시킨 국수 두 그릇과 팥죽 한 그릇이 어느새 텅 비었다. 3일간의 강행군으로 빠져나간 에너지가 뜨끈한 팥죽과 두툼한 면발 덕분에 기분 좋게 충전됐다. 짧은 식견에 후식으로나 먹는 게 아닌가 싶었던 팥칼국수는 든든한 한 끼이자 보양식으로도 손색없는 음식이었다.

팥칼국수의 기원은 딱히 알려진 바가 없지만, 동짓날 먹는 팥죽의 기원은 적어도 고려시대까지 거슬러 올라간다. 1404년에 나온 이색의 《목은집》 초판에 동짓날 팥죽을 먹는 내용의 시가 등장한다. 액운을 쫓기 위해 붉은 팥으로 죽을 쑤고, 익반죽한 새알심을 식구 수에 맞춰 넣어 먹는 것이 동지의 풍습이었다. 그 덕에 주로 겨울음식으로 알려졌지만 원래 여름 삼복더위를 쫓는 '복' 음식으로도 먹고, 행인이 많은 길목이나 주막에서 간단한 요깃거리로 팔기도 했던 게 팥죽이다(《한국민족문화대백과사전》).

팥죽에 국수를 넣어 먹기 시작한 것이 언제부터인지는 알 수 없으나 전라도에서 나고 자란 엄마와 선배의 말에 따르면 집집마다 동짓날은 물론이요, 사시사철로 먹던 팥죽에 새알심이든 국수든 별 구분 없이 넣어 먹었던 듯하다. 경상도에서는 새알심과 국수는 물론, 팥죽에 수제비를 넣기도 한다.

탄수화물과 단백질이 주성분인 팥은 예로부터 부종을 가라앉혀 준다 하여 약용으로도 널리 쓰였다는데, 그 방법이 특이하다. 먹는 게 아니라 포대에 넣고 아침저녁으로 밟으면 된단다. 흠… 이것이 신묘한 팥의 효과인지 운동 효과인지 의심스럽지만 조상님의 지혜에 감히 토를 달지는 않으련다.

애틋한 연애의 시작, 오장동 냉면

내가 아닌 다른 것, 다른 이를 받아들이는 것의 시작은 매혹이어야 한

다. 매혹으로 시작해 사랑이 되고, 의리가 되고, 신뢰로 나아가는 관계의

여정. 낯섦에서 비롯된 매혹이 다름에 대한 실망이 되었다가 포기와 화해

를 거쳐 수용이 되고 익숙함으로 변하는 그 긴 여정 중에서도 가장 강렬

한 에너지로, 가장 애틋한 끌림으로 시작되는 연애의 첫 단계에서, 나는

낯선 그에게 매혹되었고 이단의 맛 오장동 물냉면에 빠졌다.

내게 평양냉면 외의 모든 냉면은 제대로 된 물냉면의 범주에 들어가
지 않았다. 60여 년 전 네 살 난 아버지를 등에 업고 아홉 살 고모의 손
을 잡고 평안도에서 피난 온 할머니 덕에 우리 식구는 족발과 순대와 냉
면에 있어 매우 단호한 입맛을 갖고 있다. 그러므로 냉면의 최고봉은 당

연히 물냉면이며, 물냉면의 궁극은 틀니 없는 노인의 이로도 끊어지는 툭툭한 메밀 면발에 슴슴하고 우아한 국물 맛을 지닌 평양냉면이어야만 했다.

그런 내게 우아한 현모양처를 두고 갑작스레 빠져든 외도처럼 다가온 것이 오장동 냉면이다. 그것도 유명한 오장동 본가에서 맛본 것이 아니라 허름한 하숙집용 연립주택들이 즐비한 신림동 어느 건널목에 서 있던 '오장동 할머니 냉면'이라는 이름의 식당에서였다. 거기서 나는 함흥식 물냉면의 낯선 맛에 중독되었다.

그때 그를 만났기 때문일 것이다. 불같은 연애였다. 처음 만난 자리에서 사귀자며 덤비는 그 때문에 당혹하면서도 거절하거나 뺄 마음이 나지 않았다. 요즘 말로 '밀당'은커녕 이렇게 좋은데 어떡할 거냐는 식으로 뻔뻔하게 다가오는 그이 덕에 나는 정신없이 연애에 말려들게 되었다. 그가 신림동에 살았다. 박사논문과 강의 사이에서 조금은 불안하게 미래를 준비하던 그는 아직 매번 호사스러운 데이트로 연인을 대접할 준비는 되어 있지 않았다.

그가 얹혀살았던 친구 자취방이 있는 신림동 언덕배기 골목길 건너에 그 냉면집이 있었다. 서울의 북쪽 끝 수유리에 살던 나를 밤늦게 데려다 주느라 택시비를 얼마나 많이 써댔을지, 사정을 뻔히 아는 나로서는 맘이 편치 않아서 가끔은 그의 동네에서 만나자 하게 되었고 변변한 식당이 많지 않았던 동네에서 유일하게 눈에 띄는 식당이 그 오장동 할머니 냉면집이었다.

거기서 그와 냉면을 먹었다. 딱히 냉면을 즐기지 않았던 그 사람은 매번 비빔냉면을 먹으며 모자란 양을 아쉬워했고, 나는 아쉬운 대로 물냉면을 먹었다. 그런데 참 달랐다. 때깔이 다르고 국물 맛이 다르고 면발이 달랐다. 분명 간장으로 간을 맞추었을 것이었다. 국물에 갈색이 돌았고, 고기완자가 들어 있었으며 회색빛의 전분 가득한 면발이 담긴 물냉면이었다. 거의 무색에 가까운 맑은 국물에 두꺼운 편육과 무절임이 올려진 평양냉면의 호탕한 모양새와는 달라도 너~무 달랐다.

음식에 대한 고집은 본능적인 것이다. 혀끝에 새겨진 기억은 대단히 고집스러워서 바꾸기가 힘들다. 객관적일 수도 없어서 낯선 맛을 인정하기가 쉽지만은 않다. 그런데 나는 이 낯선 '이단의 냉면'에 혹했다. 다른데, 맛이 있었다. 내가 최고로 알아온 그 익숙한 맛이 아니라 완전히 다른 세상에서 만들어진 다른 맛. 평양냉면에 대해서라면 동질의 입맛을 소유한 나의 가족들을 살짝 배신하는 듯한 느낌마저 들었지만 나는 이 새로운 음식을 받아들였다.

내가 아닌 다른 것, 다른 이를 받아들이는 것의 시작은 매혹이어야 한다. 매혹으로 시작해 사랑이 되고, 의리가 되고, 신뢰로 나아가는 관계의 여정. 낯섦에서 비롯된 매혹이 다름에 대한 실망이 되었다가 포기와 화해를 거쳐 수용이 되고 익숙함으로 변하는 그 긴 여정 중에서도 가장 강렬한 에너지로, 가장 애틋한 끌림으로 시작되는 연애의 첫 단계에서 나는 낯선 그에게 매혹되었고 이단의 맛 오장동 물냉면에 빠졌다.

그를 만나러 가는 길이 놀이공원에 가는 것만 같고, 헤어질 때면 같이 밤을 보낼 지붕도 없는 가난한 연인이라도 되는 듯 애달프던 그때. 그래서 오장동 물냉면은 내게 애틋한 연애의 시작, 낯선 매혹의 맛으로 남았다. 수년이 지나 다시 찾은 오장동 함흥냉면 본가의 물냉면 맛은, 훌륭했지만 그때 그 맛은 아니었다.

사실 오장동 하면 떠오르는 함흥식 냉면의 대표 메뉴는 비빔냉면이다. 그곳에서 물냉면을 먹고 왔다고 하면 면발 좀 당겨봤다는 이들에게 한마디씩 잔소리를 듣게 돼 있다.

"거기까지 가서 물냉면을 먹고 오냐? 그건 동대문이나 의정부에 가서 먹었어야지. 쯧쯧."

그렇다, 혀를 찰 일인 것이다. 하여간 미식가들의 수다에 있어 냉면만큼 단골로 오르는 소재가 또 있으랴.

허영만의 《식객 – 팔도 냉면 여행기》에도 우리나라 대표 냉면이라 할 평양냉면, 함흥냉면, 진주냉면, 승소냉면이 그 유래서부터 요리법까지 고루 다루어져 있는데, 함흥냉면에 있어서는 아예 비빔냉면만을 언급하고 있다. 사실 어떤 책이나 칼럼에서든 함흥식 물냉면에 대해서는 평가 자체를 만나기가 어렵다. 아마도 함흥냉면집의 물냉면이란, 비빔냉면을 먹으러 온 식구들 중 나같이 유난히 물냉면을 밝히는 사람들을 위해 곁다리로 구비해놓은 메뉴인지도 모르겠다.

생각해보면 이 전분 충만한 쫄깃함을 무기로 하는 면발 자체부터 국물과 함께 거의 마시듯 해야 제맛인 물냉면으로는 무리가 있다. 오죽하면 농마국수라 했을까. 농마란 전분을 달리 이르는 말이다. 녹말에서 유래한 말임을 짐작할 수 있다. 평양냉면은 비율을 달리 할 뿐 메밀과 밀의 혼합인데 비해 함흥냉면은 전분이 주재료다. 원래 함흥냉면은 이북의 질 좋은 감자 전분을 주재료로 만들어졌다는데, 남쪽에서는 그만큼 질 좋은 감자를 구하기 쉽지 않아 고구마 전분을 주로 쓴다고 한다. 적어도 면발에 있어서는 평양냉면보다 당면에 가까운 셈이다. 그러니 함흥식 물냉면을 평양냉면 먹듯 국물과 함께 대충 넘기다 보면 구강과 식도와 위를 질깃한 면발이 마치 내시경 통과하듯 가로지르면서 끊어지지도 않는, 무척 고통스러운 상황에 처하게 된다. 아무래도 함흥냉면은 면발의 질감과 질김 정도에 있어서도 물냉면보다는 비빔냉면에 최적화되어 있는 것이다.

끊어질 듯 끊어지지 않는 질긴 면발의 매력. 함흥냉면은 씹는 맛이고, 매콤 달콤한 양념 맛이고, 꾸미로 얹은 알싸한 회 맛이다. 이토록 이질적인 재료들이 국물이라는 매개체도 없이 각자의 본질을 있는 그대로 내보이며 한데 섞여 있는 모습이라니. 문득 부부의 모습이 이렇지 않나 싶다. 함께한다는 것 외에 별다른 목적 없이 한 공간에 존재하는 사람들. 사업을 하기 위함도 아니요, 자기 개발을 위함도 아니요, 그저 어울려 사는 것이 목적인 관계. 그렇다면 연애는 물냉면이고, 결혼은 비빔냉면인가? 그래서 연애 시절에는 서로에게 푹 빠져 뭐든 술술 넘어가고, 결혼은 그토록 부대끼면서도 질기게 이어나가게 되는 것인지, 원. 다행히 비빔냉면에는 육수가 있구나. 양은 컵에 따라 나온 따끈한 육수로 얼얼해진 혀를 달래가며, 그렇게 맵게 질기게 살아내는 것이 결혼인가 보다.

짬뽕

짜장면

니신소바

구포국수

베트남 쌀국수

완당

제3부

면발은 역사를 신고

역사는 짬뽕도 쓰고 짜장면도 쓰는 것

역사는 우리가 죽음을 맞는 전쟁터는 기념하면서, 번영의 터전인 논밭은 비웃는다. 역사는 왕의 서자 이름은 줄줄이 꿰고 있지만 밀의 기원에 대해서는 알려주지 못한다. 이것이 바로 인간이 저지르는 어리석음이다.

– 앙리 파브르

한·중·일, 짬뽕 삼국지

❀❀ 왕과 영웅과 천하의 간신배들이 쓰는 역사만 역사인 것은 아니다. 역사는 짬뽕도 쓰고, 짜장면도 쓴다. 매일매일을 충실히 사는 것만으로 개인의 역사를 완성해가는 많은 이들에게 내 몸을 이루는 음식의 역사는 의외로 조명받지 못했던 사회적인 진실과 서민의 삶을 담고 있을 뿐 아니라, 결국에는 사회를 움직이는 흐름을 포착하는 깨달음의 순간을 주기도 한다. ❀❀

면식수행의 길을 걷는 수많은 수행자들에게 결코 타협할 수 없는 취향의 발현이 이뤄지는 곳이 중국집이다. 끝끝내 내 앞에 놓인 검거나 또는 붉은 한 그릇에 정착하지 못한 채 끊임없이 옆 그릇을 힐끔거리게 만드는 면식인들의 영원한 딜레마가 거기 있다. 이 세대에 걸친 난제를 해결하기 위해 짬짜면이라는 타협의 음식이 나온 지도 십수 년이 지났으나 그렇다고 이 해묵은 딜레마가 사라진 것 같지는 않다. 어찌되었건 헤어나기 힘든 검은 마성의 짜장면에 빠진 사람이라도 비가 추적추적 내리는 날이나 전날 밤 술에 떡이 된 바 있다면 짬뽕의 얼큰한 매력을 뿌리치기 힘들다.

이렇게 전 국민의 해장국수, 매운 탕면계의 왕언니 격으로 자리 잡은 짬뽕이지만, 사실 짬뽕은 중국집이라는 매우 확실한 출처를 갖고 있으면서도 그 기원이 매우 '까리뽕삼'한 녀석이다. 중국집의 대표 메뉴인 만큼 당연히 중국이 원산이겠거니 생각하게 되는데, 막상 현지에 가면 아무도 모른다는 짜장면과 마찬가지로 '대륙'에서는 이런 시뻘건 짬뽕을 찾을 수 없단다. 사실은 짬뽕이라 불리는 요리는 중국에 아예 없다는 것이 현지까지 가서 원조 짬뽕을 먹고 오려다 허탈해진 면식인들의 증언이다.

그러나 '이런 족보도 없는 국수!'인 듯한 짬뽕은 사실 좀 복잡한 역사를 안고 있다. 그것도 한·중·일 동아시아 삼국에서 이민과 식민, 산업화의 역사가 마구 뒤섞인 삼국지다.

19세기 말에는 자국을 벗어나 일본과 한국 등 아시아 각지로 진출해야만 했던 중국의 이민 역사와 대동아공영권 건설이라는 기치 아래 아시아 곳곳을 침탈한 일본의 그릇된 야망이 공존하고 있었다. 이 두 강대국 사이에서 온 몸으로 부대끼며 변화를 경험하지 않을 수 없었던 한국의 자생력 강한 현대사가 아니었다면 탄생하지 못했을 음식이 바로 짬뽕이다.

이제 생각 없이 짬뽕을 중국음식이라 말하는 면식인은 반성하라. 짬뽕은 중국에서 유래해 일본이 대중화시켜 한국이 완성한, 음식삼국지의 주인공이다. 잊지 말자. 또한 그 종결자는 '우리'다. 그래서 얼큰한 빨간 국물의 대명사 짬뽕은 중국에도 일본에도 없다. 한국에만 있다.

나같이 1일 1면식을 최소한의 수행원칙으로 삼고 있는 면식인들의 세계에서 이놈 짬뽕의 존재는 뜨거운 감자다. 또한 그 기원에 대해 제대로 '썰'을 풀 수 있는 자는 "당신, 면발 좀 아는데…." 하는 부러움 섞인 찬탄을 들을 수 있다. 한반도 자연발생설이나 서양 연원설에 지배되지 않는 이 땅의 대부분 음식들이 그렇듯, 고대 짬뽕의 발생지는 중국, 아니면 일본이다. 그런데 결론이 아직도 안 났다.

짬뽕의 기원을 공식화할 수 있었던 최초의 움직임은 국어순화운동을 주창하던 일단의 학자들에 의해 비롯되었다. 1980년대 들어 국어순화자료집을 편찬하면서 짬뽕은 일본말이니 원래 짬뽕의 기원인 중국의 '초마면(炒碼麵)'이라는 단어를 쓸 것을 권유한 것이다. 그 권유가 먹혀들었는지 아닌지는 우리가 초마면이라는 단어를 들어본 적도 없다는 사실을 돌아보면 알 일이다. 그렇다면 짬뽕이라는 말은 일본에서 오고, 짬뽕의 본체인 음식은 중국의 것인가? 그럴 수도 있고 아닐 수도 있다. 단어의 기원과 음식 자체의 기원에 있어서는 모두 대륙기원설과 열도 기원설이 팽팽히 대립하고 있다.

우선 짬뽕의 인천상륙설, 즉 중국기원설을 먼저 살펴보자. 인천에는 다들 알다시피 대규모의 화교집성촌이 존재한다. 짜장면의 기원이라는 '공화춘'도 인천의 한 화교 가족이 소유한 것이었다. 다양한 설이 존재하지만 중국기원설은 대략 이렇게 정리된다. 1885년 임오군란을 계기로 국내에 들어오게 된 중국인들이 인천에 정착하면서, 집에서 손쉽게 해먹는 국수요리인 초마면도 따라 들어왔다. 곧이어 하나둘 생겨난 중국음식점에서 초마면을 팔자, 이 음식이 중국인 화교들뿐 아니라 한국인들 사이에서도 인기를 얻게 되어 오늘날 짬뽕의 기원이 되었다는 것이다. 여기서 우리는 원조 짬뽕이라는 초마면이 과연 어떤 국수인지 궁금해진다.

초마면은 중국말로는 차오마멘이라고 부른다. 이 요리는 해물 또는 고기와 다양한 야채를 기름에 볶아 닭이나 돼지 뼈로 만든 육수를 넣고 매콤하게 끓인 다음 면을 말아 먹는 중국요리다. 원래 돼지고기, 표고버섯, 죽순, 파 등을 넣고 끓인 국물에 국수를 넣어 먹은 탕러우쓰(湯肉絲麵)에서 유래한 음식이며 고춧가루를 넣지 않고 시원하게 끓여 후춧가루만 넣어 먹었다. ─〈두산백과사전〉

아쉽게도 직접 맛보지는 못하였는데, 경험자의 증언에 의하면 국물이 적고 희며 우리가 아는 매운 짬뽕 국물과는 전혀 다르다 한다. 재료를 먼저 볶고 국물을 붓는다는 점에서 조리법은 유사하나 재료와 맛에서 차이가 크다. 그리고 단어의 어감이 초마면(차오마멘)에서 짬뽕으로 도약한 것은 너무 심하지 않은가.

이번에는 일본기원설. 일본 나가사키 지방에는 아예 짬뽕박물관이 존재한다. 1층은 짬뽕을 발명했다는, 적어도 나가사키짬뽕의 기원인 '시카이로'라는 식당이 성업 중이다. 19세기 말 일본 나가사키 지방에 이주한 천평순이라는 화교가 개업한 식당으로, 이 가게에서 고향 음식이 그리운 중국인 노동자와 유학생들을 위해 개발한 시나('차이나'를 가리키는 일본식 한자)우동이 인기를 끌며 곧 지역 명물로 자리 잡아 이후 나가사키짬뽕이라는 이름으로 알려지게 됐다는 것이다. 해물과 돼지고기, 각종 채소를 강한 불에서 볶고 다시 육수를 부어 국수에 끼얹어 내는 방식이 초마면이나 우리네 짬뽕과 유사하다. 다만 이곳의 국물도 불 맛이 더 강할 뿐 고춧가루는 전혀 들어가지 않은 우윳빛이다. 요즘은 국내에도 나가사키짬뽕을 내는 라멘집이나 일본식 선술집이 많아 한국식 짬뽕과는 확연히 다른 맛과 비주얼의 차이를 쉽게 확인할 수 있다.

그러나 일단 짬뽕이라는 단어의 기원에 있어서 일본은 확실한 우위를 점하고 있다. 일본어에는 징과 북 같은 타악기로 음악을 연주할 때 나는 소리를 표현하는 '잔폰 폰찬'이라는 의성어가 있다. 즉 징과 북 소리가 마구 섞여 나는 소음과 시나우동에 육해공의 재료가 뒤섞여 들어 있는 점이 비슷해서 이 음식을 '잔폰'이라 부르게 됐다는 것이다. 실제로 일본어 속어로서 '잔폰'은 뒤섞이거나 번갈아 하는 일을 가리키는 형용사로 쓰인다. 여기에 중국기원설로 맞서는 이들은 중국 푸젠의 발음으로 '츠판'(밥을 먹다)이 '차폰' 또는 '소폰'으로 발음되는 것에 주목한다. 이것을 일본인들이 그들의 인사말인 '차폰'을 흉내 내어 음식 이름으로 차용했다는 것이다.(주영하,《차폰 잔폰 짬뽕》)

그러나 의미 면에서 볼 때는 우리도 짬뽕이라는 단어를 뭔가가 뒤섞인 상황에 쓰는 것이 보편적이니, 의미와 소리가 모두 유사하게 쓰이는 짬뽕이라는 단어만의 기원은 일본에서 유래했을 가능성이 커 보인다.

그럼 한국인이 사랑하는 짬뽕의 정수, 그 얼큰한 해장 국물은 대체 어디서 온 걸까? 아마도 짬뽕이라는 음식의 원형은 초마면 혹은 그 초마면의 원형이라 했던 탕러우쓰라는 국수가 맞을 듯하다. 그것이 한국으로 바로 왔든 일본을 들러 나가사키짬뽕이라는 번데기 과정을 거쳐 우리나라에서 제대로 부화했든지 간에, 요즘 본토 중국과 일본에서 '한국식 짬뽕'이라는 타이틀 아래 인기리에 팔리고 있다는 위풍당당 매운 짬뽕으로 거듭난 데는 1960년대 한국의 이민정책과 이후의 산업정책이 명백히 작용했다.

1960년대 이전까지 우리나라의 중국집은 화교들이 주인이었고, 주인이 당연히 주방을 꿰차고 있었다. 그런데 1960년대 들어 박정희 정권에서 혹독한 화교 탄압 정책을 펴면서 재산을 몰수당하다시피 한 수많은 화교들이 한국을 떠나게 되자 이를 계기로 중국집 주방에 한국인들이 들어서게 되었단다. 이때까지만 해도 짬뽕은 매운 음식이 아니었다는 것이 당시 중국집에서 일한 경험이 있는 분들과 옛 맛을 기억하는 어르신들의 전언이다. 화교들의 대거 이탈로 '어쩔 수 없이' 주방에 한국인들이 입성하면서 매운 걸 유난히 좋아하는 우리네 식성에 맞게 고춧가루가 듬뿍 든 얼큰한 빨간 짬뽕으로 진화했다는 얘기다. 이는 1970년 들어 급성장한 국내 외식산업의 두드러진 특성인 '매운맛의 보편화'라는 트렌드와도 일치한다.

또한 미국의 밀가루 과다 생산 문제를 인도적인 차원으로 포장한 물자 원조와 이후 우리 정부의 밀가루 대량 수입에 맞물려 정부가 사활을 걸고 분식장려운동을 펼치는 바람에 분식, 특히 국수를 기반으로 하는 외식업계가 어마어마한 성장을 이루게 됐다. 오늘날 짬뽕과 짜장면의 국민음식화는 이런 박정희 정권의 사려 깊은 배려 덕이기도 하다.

결국 짬뽕은 중국에서 기원하고 일본에서 재해석되어 한국에서 완성된 삼국 음식문화의 의도치 않은 만남의 산물이다. 얼얼하고 시원하게 매운 짬뽕 국물은 가난한 유학생과 이주 노동자, 화교들의 고달픈 타향살이, 그리고 1960~70년대 산업화의 격변과 함께 걸어온 우리 식생활의 변천사가 고루 섞어 만들어낸 예술인 것이다. 쓴맛 단맛 다 봐도 인생은 역시 매운맛이듯이, 짬뽕은 그렇게 전 국민의 음식이 되었다.

왕과 영웅과 천하의 간신배들이 쓰는 역사만 역사인 것은 아니다. 역사는 짬뽕도 쓰고, 짜장면도 쓴다. 매일매일을 충실히 사는 것만으로 개인의 역사를 완성해가는 많은 이들에게 내 몸을 이루는 음식의 역사는 의외로 조명받지 못했던 사회적인 진실과 서민의 삶을 담고 있을 뿐 아니라, 결국에는 사회를 움직이는 흐름을 포착하는 깨달음의 순간을 주기도 한다.

변신의 귀재, 검은 마성의 짜장면

속도와 편리함이 모든 가치를 우선하던 성장의 시대와 함께 빠르고 간편한 외식으로 진화한 짜장면의 시대 역시 저물었다. 속도와 경쟁의 사회에서 죽을힘을 다해 살아남은 우리들은 이제 '더 빨리, 더 많이'가 아닌 '더 적게, 더 느리게' 가야 하는 새로운 시대를 살아가게 될 것이다. 그럼 이제 우리는 속도와 편리함에 지쳐 떨어져 나간 가치들을 되찾으러 가게 될 것인가? 성장에 급급하느라 건너뛴 기본으로 돌아가야 하는 것인가? 이 새로운 시대에 똑같아진 짜장면은 살아남을 것인가? 짜장면은 어떤 모습으로 진화하게 될까?

밥 먹으러 나갈 시간도 없는 저녁, 제대로 끼니를 때울 정신도 없이 야근으로 코피 터지는 밤, 지령을 전달받은 이대리가 전화를 건다. 냄새

난다고 타박하는 건물 관리인 몰래 뒷문으로 들어온 철가방 총각과의 은밀하고 부산한 접선. 구수하고 기름진 짜장의 훈기와 시금 털털한 단무지 냄새가 환풍기마저 꺼진 사무실을 가득 메운다.

아, 정말이지 바라보기만 해도 행복한 이 기분…을 실감하는 찰나, 검은 윤기 자르르한 짜장면의 자태를 감상할 틈도 없이 나무젓가락을 꽂아 썩썩 비벼내는 손길이 흥에 겹다. 순간 후룩! 신속배달 덕에 20분이 채 안 되는 짧은 기다림의 시간보다 더 짧은 포식의 환희가 지나가고 어느새 검은 녹말만 흥건하게 남아 쓸쓸하게 철가방을 기다리는 그릇… 그릇들. 어, 언제 다 먹었지? 너무도 짧은 짜장면의 추억. 먹은 기억은 없는데 왜, 입술은 검댕투성이며 빈 그릇과 씹다 만 단무지 조각이 나뒹굴고 있는지….

돌이켜보니 짜장면을 먹으며 맛을 음미해본 기억이 없다. 짜장면을 시키는 타이밍이 그렇다. 야근 중, 시험공부 중, 아이들의 학교와 학원 사이 자투리 시간, 이사 도중 등등. 하여튼 후딱 먹어치우기 위한 메뉴로 태어난 게 아닌가 싶을 정도로 짜장면은 맛보다는 스피드로 기억되는 한국인의 음식이자 속전속결문화의 결정체, 이른바 속도의 미학을 가장 충실하게 구현하는 현대인의 음식이다.

한때 짜장면은 전 국민의 워너비 외식 메뉴이자 졸업식의 마무리 투수로 활약했던 귀한 음식이다. 그러다 1990년대 이후 골목마다 없는 데 없이 진출한 배달 전문 중국집이 보편화되면서, 언제 어디서든 맛볼 수 있는 부담 없는 한 끼로 일상화되는 한편 쉽고 빠른 패스트푸드로 영락하였다. 짜장면의 조금 서글퍼진 역사는 IMF와 함께 방향을 잡았다고 봐야 한다. IMF 사태를 기점으로 중국집의 대세는 번듯한 외식 장소에서 테이블 하나 없이 배달만 하는 구멍가게로 영세화되었다.

지금은 배달음식업계의 독보적 존재로 군림하는 짜장면이 우리의 발명이라는 주장도 있지만, 원조는 중국 최대의 밀 산지인 산둥 지방에서 즐겨 먹던 일상식이자 여름 메뉴인 '작장면'이다. 산둥 지방은 중국 밀 생산량의 절반을 차지하는 최고의 밀 생산지여서 예로부터 이곳에서는 밀을 이용한 국수, 장류가 발달했다.

> 짜장면은 북경과 산둥 지역에서 삶은 면에 볶은 면장과 각종 야채를 얹어 비벼 먹는 전형적인 가상채(家常菜), 즉 가정식 요리다. 우리 한자음으로 읽을 경우 '작장면'이 되는 '炸醬麵'은 장(醬)을 볶는(炸) 면(麵)이라는 의미다. ─ 양세욱,《짜장면뎐》

중국에는 짜장면이 없더라는 관광객들의 증언은 광대한 중국 땅에서 짜장면을 만나지 못했거나 못 알아본 것뿐이다. 생긴 게 좀 달라서 그랬을 거다. 중국의 짜장면은 볶은 춘장을 녹말 가득 풀어 면을 말아내다시피 하는 우리식이 아니다. 면, 장, 채소가 다 따로 나온다. 굳이 따지자면 간짜장이 그나마 원래의 중국식 짜장면에 가깝다. 장만 비벼 먹는 짜장면도 있고, 오이, 콩 양파, 고추, 숙주, 셀러리, 배추 등의 채소와 돼지고기가 들어가는 짜장면도 있다. 그나마도 지역마다 식당마다 들어가는 재료와 모양새가 다 다르단다. 대륙의 스케일이 너무 광활하다 보니 표준화가 불가능한 탓이다. 여하튼 짜장면의 영혼인 춘장을 볶아서 손으로 늘려 만든 납면(拉麵)에 비벼 먹는 방식만은 똑같다. 참, 춘장도 우리식 말이다. 중국에서는 면장(面醬)이라 한다. 만드는 방식은 우리나라 된장과 비슷하되 콩과 함께 밀가루를 섞어 메주를 띄운다고 한다.

아마도 임오군란 직후 청의 군대를 따라 들어온 상인들이 인천에 정착하면서 유입되었을 거라 추정되는 100여 년 전의 짜장면은 본토의 모습을 유지하고 있었을 것이다. 물기가 거의 없고 단순히 채소와 면장을 비벼 먹는 중국식 짜장면은 뻑뻑하고 짠맛이 강하여 오늘날 우리가 아는 짜장면과 많이 다르다. 전 국민이 사랑하는 달달하고 기름진 소스를 듬뿍 끼얹은 한국식 짜장면은 우리나라 최초의 춘장 사업을 일군 화교 왕송산 씨의 획기적인 아이디어 덕분에 탄생했다.

국내 최초의 춘장 브랜드이자 지금까지도 80퍼센트에 가까운 독보적인 시장점유율을 갖고 있는 '사자표 춘장'은 1948년에 출시됐다. 처음에는 중국식 춘장을 그대로 생산하다 1950년대 들어 여기에 캐러멜 소스를 첨가했는데, 짠맛이 강했던 춘장에 단맛과 반지르르한 윤기를 더하여 맛과 비주얼, 양면에서 만족스러운 결과를 가져왔다. 이렇게 캐러멜 춘장이 대세로 굳어지면서 결국 짜장면도 급속한 산업화의 길을 걸게 됐다. 전국의 중국식당들이 춘장을 직접 담그는 대신 공장에서 동일한 제품을 사다 쓰게 된 것이다.

이렇게 한껏 달달해진 춘장에 음식의 온도와 맛을 보다 오래 유지시켜주는 녹말을 가미하면서 짜장면은 배달음식으로도 최적화되었다. 이로써 짜장면은 볶은 장을 조금 얹어 비비는 중국의 작장면에서, 양파와 감자와 돼지고기로 볶은 춘장을 흥건히 부어 면을 거의 말아 먹다시피 하는 한국식 짜장면으로 진화하게 되었다.

산업화는 짜장면의 보편화에 기여하는 한편, 맛의 하락 평준화에도 절대적인 영향을 미쳤다. 원래 손으로 늘려 뽑아내는 납면, 즉 수타 방식의 면을 쓰는 짜장면을 찾기가 힘들어졌다. 짜장면 맛의 핵심인 춘장에 이어 면도 공장에서 생산된 기성품으로 대체된 것이다. 결국 그 맛이 대동소이해졌다.

모든 음식은 1차적으로 그 지역의 환경과 산물의 절대적인 영향하에 탄생하고, 2차적으로 그 사회의 정치적, 경제적 변화와 밀접한 연관하에 진화 또는 쇠퇴한다. 짜장면이 '외식문화의 꽃'으로 성장한 데는 이런 짜장면 자체의 변화도 있었지만, 1960년대 들어 원조 물자로 밀가루가 대량 유입되고, 이를 활용하기 위한 정부의 적극적인 혼분식장려운동에 크게 힘입었음은 물론이다. 싸고, 맛있고, 빠르고, 배달도 되고, 후딱 먹어치울 수 있는 짜장면. 산업화시대를 관통한 대량화와 편리함, 무엇보다도 속도의 미학이 이토록 충실히 구현된 음식이 또 있을까?

오늘 하루에도 2만 4,000개가 넘는 중국식당에서 대략 600만 그릇의 짜장면이 소비되었을 것이다. … 짜장면에 얽힌 추억 하나 없다면 대한민국 국민의 자격이 없다. 한 세기 동안 짜장면이 이룬 성공 신화는 경이로움 그 자체다. 외식문화의 꽃으로, 산업화의 전투식량으로서의 소임을 다한 짜장면의 시대가 저물어가고 있다. 지금까지 이런 음식은 없었고 앞으로도 다시 있기 어려울 것이다.   – 양세욱

속도와 편리함이 모든 가치를 우선하던 성장의 시대와 함께 빠르고 간편한 외식으로 진화한 짜장면의 시대 역시 저물었다. 고도성장의 정점을 찍은 우리는 이제 느리고 오랜 저성장의 시대로 들어서고 있다. 속도와 경쟁의 사회에서 죽을힘을 다해 살아남은 우리들은 이제 '더 빨리, 더 많이'가 아닌 '더 적게, 더 느리게' 가야 하는 새로운 시대를 살아가게 될 것이다.

그럼 이제 우리는 속도와 편리함에 지쳐 떨어져 나간 가치들을 되찾으러 가게 될 것인가? 성장에 급급하느라 건너뛴 기본으로 돌아가야 하는 것인가? 이 새로운 시대에 똑같아진 짜장면은 살아남을 것인가? 짜장면은 어떤 모습으로 진화하게 될까?

모르겠다. 그러나 어떤 모습으로 변하든, 우리들에게 짜장면은 삶의 의지를 불태우는 검은 연료로 건재할 것이다.

짜장면을 먹으며 살아봐야겠다

짜장면보다 더 검은 밤이 올지라도

…

비 젖어 꺼진 등불 흔들리는 이 세상

슬픔을 섞어서 침묵보다 맛있는

짜장면을 먹으며 살아봐야겠다

– 정호승, 〈짜장면을 먹으며〉 中에서

극강의 비주얼, 니신소바

지금은 나름 귀하신 몸이 되었지만, 메밀은 쌀이나 밀 같은 주식의 반열에 오른 적이 결코 없었다. 전 세계적으로 국수의 재료에 있어서 주류는 과거에도 지금도 밀이다. 아마도 메밀을 주재료로 한 국수가 온전한 하나의 장르로서 사랑받는 지역은 한국과 일본이 유일하지 않을까?

메밀은 맛있다. 야들야들 메밀묵을 채 썰어 찬 육수를 부어 먹는 묵밥은 한여름 소나기처럼 시원하고, 쫄깃 구수한 메밀 반죽을 도톰하게 부쳐 튼실하게 속을 채운 메밀전병은 찰떡궁합 막걸리를 부르며, 각종 나물에 여리고 쌉쌀한 메밀 싹을 듬뿍 얹은 비빔밥은 늘어진 위장에 살랑, 봄바람을 날린다. 심지어 볶은 메밀을 따끈한 물에 그냥 우려낼 뿐인 메밀차는 또 얼마나 구수한가. 그러나 뭘 만들어도 맛있는 메밀의 포텐이 터지는 곳은 단연코 메밀로 만든 면발에서다. 메밀은 궁극의 국수, 평양냉면과 천의 얼굴, 막국수 그리고 바다 건너 일본의 국민 국수, 소바를 낳았다.

요즘 100퍼센트 메밀로 만든 소바나 메밀 함량이 높은 평양냉면은 밀가루나 고구마 전분이 주재료인 국수들보다 고급 음식으로 대접받는다. 메밀 단가가 워낙 높아진 탓에 제대로 메밀 함량을 지켜가며 면발을 뽑아내는 식당에서 국수 값이 비싸다 타박하는 것은 무식의 소치가 되어버렸다. 지금은 그렇지만, 메밀은 쌀이나 밀 같은 주식의 반열에 오른 적이 결코 없었다. 전 세계적으로 국수의 재료에 있어서 주류는 과거에도 지금도 밀이다. 아마도 메밀을 주재료로 한 국수가 온전한 하나의 장르로 사랑받는 지역은 한국과 일본이 유일하지 않을까?

특히 일본인들의 메밀 사랑은 유난하다. 같은 메밀로 만든 국수지만 냉면이나 막국수는 계절과 지역에 따라 선호도가 확연히 달라진다. 하지만 일본인들의 소바 사랑은 지역이나 계절을 가리지 않는다. 우선 '소바'는 메밀로 만든 국수를 뜻한다. 또한 일본어로 메밀 그 자체를 가리키는 말이다. 심지어 한 해를 마무리하는 12월 31일에 먹는 음식도 소바다. 도시코시소바라 부른다. 메밀소바를 따뜻한 다시 국물에 말아 먹으며 행운과 장수를 비는 풍습이다. 아무래도 일본식 소바라 하면 대나무 발에 올린 메밀 면을 차가운 쯔유에 담가 먹는 '자루소바'를 떠올리게 되는데, 일본에서 소바를 먹는 방식은 다양하기 그지없다. 일단 먹어 본 것들만 떠올려보자면 자루소바는 기본, 새우튀김이나 굴튀김을 얹은 뎀뿌라소바, 무를 갈아서 넣은 오로시소바, 일본식 청국장 낫토를 다져 얹은 낫토소바, 설명할 필요도 없는 카레소바가 있는데, 이 정도는 새 발의 피 격이라 하겠다.

60년 가까이 일본 굴지의 제분회사에서 일하며 식문화사 연구자로도 활약한 바 있는 오카다 데쓰는 제분, 제빵, 제면에 대한 전문기술과 식 문화사를 다룬 《국수와 빵의 문화사》라는 책에서 일본 각 지역의 명물 소바만 50종이 넘게 소개하고 있다. 깨알같이 적어 놓은 각양각색 소바 의 특성과 재료를 읽어 내려가다 보면, 하나의 식자재가 다양한 지방색 을 만나 어떻게 응용되고 분화해나가는지 볼 수 있고, 간단하게나마 재 료의 조합을 기술해놓은 터라 미지의 소바 맛이 상상되어 은근 재미나 다. 가령 가와라소바의 설명은 이렇다.

야마구치현 가와타나 온천의 명물 소바. 뜨겁게 달군 기와 위에 식용유 를 넣어 볶은 차소바(차를 넣어 반죽해 만든 소바)와 소고기, 달걀, 김, 파를 얹고 국물을 부어 낸다.

뜨거운 기와에 볶은 녹차 맛 소바라니. 강한 불 맛과 담백한 차 맛이 만난 소바는 대체 어떤 맛일까? 상상만으로도 즐거워진다.

이토록 무궁무진한 소바의 세계에서 내가 경험한 가장 강렬한 소바는 일본의 고도(古都), 교토에서 만난 소바다. 출장을 겸한 인센티브 여행이었는데, 나로서는 일본이 그때가 처음이었다. 게다가 회사의 각기 다른 부서의 상사와 동료 직원, 거기에 상사의 부인이 낀 어색한 5인조가 일행이었다.

도착 둘째 날인가? 아침부터 비가 오락가락하는 교토의 거리를 헤매다 점심때가 지나 접어든 골목에서 국수류를 파는 낡은 식당을 발견했다. 우리는 들어갈까 말까 망설이다 가게 벽에 붙은 비닐 코팅 메뉴를 발견하고 충격에 빠졌다! 간장 색깔 선명한 국물에 담긴 소바, 그 위에 떡하니 누워 있는 고등어인지 꽁치인지 모를 조린 생선의 까무잡잡한 자태….

그것도 한 마리를 통째로 얹었으니 반찬을 국수 위에 얹은 모양새였다. 등 푸른 생선과 메밀소바와 간장 국물의 조합은 대체 어떤 맛이려나? 그 생선 위에 듬뿍 얹힌 파를 보고 있자니, '나 정말 비려, 엄청 비려.' 하는 생선의 독백이 들려오는 것만 같았다. 마치 예능프로 〈1박2일〉의 벌칙 메뉴를 들여다보는 심정으로 사진을 노려보던 우리 일행은 가위바위보를 해서 진 사람이 이 문제의 메뉴를 시키기로 결정했다. 그리고 내가 졌다. 사실은 안 져도 시켜볼 요량이었지만. 맛이 있든 없든 이런 어마어마한 국수를 보고도 그냥 지나친다면 어찌 면식수행자를 자처할 수 있으리.

그런데 안타깝게도 그 맛이 어땠는지 잘 기억나지 않는다. 일어 문맹인 우리들은 그 생선의 정체를 끝까지 알지 못했는데, 다만 낯설지 않은 다시 국물이 따끈했고 상상했던 것과 달리 비린내가 나지 않아 생각보다 먹을 만한 국수라는 데 모두 동의했던 것 같다. 심지어 일본 가서 이런 엽기음식도 먹어봤다는 자랑을 할 심산이었던 일행은 맛이 무난하다는 데 살짝 실망한 눈치였다. 여하튼 충격의 비주얼과 무난한 맛으로 기억되는 이 소바와 생선의 정체는 무려 2년 뒤에야 알게 되었다. 최근 일본에 다녀온 지인이 교토의 명물 소바 가게에 직접 들러 국수와 농축국물, 조린 생선을 한 팩에 담은 니신소바세트를 보내준 것이다. '이거… 어디서 본 것 같은데?' 이 감사한 국수조공을 받아보고 가만있을 수 없어서 찾아본 니신소바의 정체는 이랬다.

> 교토의 명물 소바. 머리와 꼬리를 자르고 말린 청어(니신)를 쌀뜨물에 담가 불린 다음, 물러질 때까지 뭉근히 조린다. 소바를 국물에 말아 청어조림을 얹고 파를 곁들인다.　－ 오카다 데쓰, 《국수와 빵의 문화사》

이거였구나! 그제야 2년 전 뭔지도 모르고 먹은 국수가 니신소바였음을 알게 됐다. 그리고 미스터리한 생선의 정체도! 겨울철 별미인 과메기의 원조로 알려진 생선, 청어였다.

니신소바는 1861년 창업한 '마츠바'라는 식당의 주인이 영양결핍에 시달리는 서민들을 위해 단백질 등 필수영양소를 보충할 수 있도록 말린 청어를 소바에 넣은 데서 기원했단다. 그랬더니 영양실조로 쓰러지는 사람은 줄어들었고, 구휼의 목적으로 개발된 니신소바는 오늘날 교토의 명물이 되었다. 그리고 원조 집인 마츠바는 150년 역사를 이어가는 교토의 대표적인 소바집으로 여전히 성업 중이다. 지인이 보내준 니신소바는 바로 그 마츠바 본점에서 사온 진짜배기였기에, 나는 이 세트를 김치냉장고에 고이 모셔두었다가 집에 아무도 없는 오후, 신성한 나 홀로 점심 공양 시간에 만들어보았다.

끓는 물에 면을 익히고 체에 밭쳐 물을 뺀다. 농축국물에 적당히 물을 섞어 끓인 다음 면발에 붓는다. 조림 청어를 살짝 덥혀서 면 위에 올리고, 마지막으로 파를 듬뿍 올려주면 끝.

간단히 완성된 니신소바는 성실하고 다부진 옆집 청년 같은 느낌이었다. 다시마와 톳을 우려냈다는 설명대로 바닷것 특유의 감칠맛과 개운한 간장 맛이 감도는 육수에 연한 미색의 메밀 면이 구수하게 어우러졌다. 그리고 니신소바의 하이라이트, 면발에 올린 청어조림은 한 번 말렸다 다시 불려서 조린 생선답게 퍼석한 느낌이었는데, 살짝 부서뜨려 국물과 섞으니 좀 더 진한 감칠맛의 소바를 맛볼 수 있었다. 내 입맛에는 조금 짠 듯도 했지만 걱정했던 비린내는 나지 않았고, 얇게 썬 대파와 함께 먹는 청어조림은 그 자체로도 밥반찬 같은 느낌이 나서 한 끼 식사로 부족함이 없었다. 18세기에 들어와서야 공식적으로 육식 금지를 해제한 일본에서* 청어를 얹은 메밀국수는 싼 가격에 부족한 단백질을 보충할 수 있는 신통방통한 발상이었던 것이다.

밀가루로 만들어 희고 매끄러운 우동이나 소면에 비해 어둡기도 하고 다소 거친 질감을 지닌 소바는 비교적 척박한 지형에서도 잘 자라는 구황작물인 메밀을 십분 활용한 서민의 음식이었다. 그래도 청어를 얹은 메밀국수라니, 대체 어떻게 그런 조합을 생각할 수 있었을까 싶지만, 곰곰이 생각해보면 함경도의 명물인 함흥식 비빔냉면도 원래 가자미를 삭혀 얹은 생선국수가 아니던가. 처음 접했을 때는 대체 어떻게 이런 생뚱맞은 조합을 생각해냈을까 싶은 낯선 음식도 자세히 들여다보면 그 지역의 자연환경과 사회환경을 고스란히 반영하는, 지극히 합리적이고 자연스러운 문화적 산물임을 깨닫게 된다.

여기서 재미있는 역사 이야기 한 토막! 가장 일본적인 국수, 서민의 국수라는 소바의 탄생에 결정적인 역할을 한 사람이 두 명의 한국 승려라는 사실, 알고들 계시려나?

7세기경, 일본에 당시로서는 최첨단 제분기술, 즉 맷돌의 사용법을 전한 사람은 그 유명한 고려의 승려 담징이고, 17세기경 메밀 반죽에

---

* 일본은 불교의 영향으로 7세기경부터 육식을 금지했는데, 승려 계급만이 아닌 전 국민에 해당하는 엄격한 육식 금지령이 공식적으로 해제된 것은 19세기 중반 메이지 유신에 들어와서다. 무려 1,000여 년간 육식이 금지된 것으로, 실제 본격적인 육식의 역사는 이제 겨우 100년 남짓하다. 다행히 섬나라인 만큼 풍부한 해산물은 육식의 범주에 들어가지 않았던 모양이다.

밀을 섞어 넣는 제면기술을 전해 소바의 대중화에 기여한 사람은 조선의 승려 원진이다. 일본 덴치 천황 때 세워졌다는 절인 간제온지(觀世音寺)에 담징이 만들었다는 네 구멍 맷돌이 온전히 남아 있다. 또한 본디 끈기가 없어 면으로 만들기 어려운 메밀 반죽에 밀가루를 섞어 탄력을 더하는 기술을 원진이 가르쳐주기 전까지 일본에서는 끓이면 쉽게 끊어지거나 풀어지는 메밀소바를 찜통에 쪄냈다고 한다. 오늘날 일본식 메밀소바집에서 면을 대나무 발이나 나무찜통 위에 담아내는 것은 이런 전통이 남아 있기 때문이다.

최근 동네에 100퍼센트 메밀만 써서 만든 면발을 주문과 동시에 반죽하고 뽑아내는 소바집이 생겼다. 마을버스만 간신히 지나다니는 골목길에서 소수의 면식인들이나 알아줄 정통 일본식 소바집이 장사가 될까 싶었는데, 건강식에 대한 관심이 높아진 탓인지 날이 갈수록 번창 중이다. 덕분에 일본까지 가는 수고 없이도 주말이면 느긋하게 슬리퍼를 끌고 본격적인 소바를 먹으러 다닐 수 있게 되었다. 역시, 내가 먹을 복은 타고났구나, 흥흥. 흐뭇해하다가 문득 든 생각! 아니지, 이것은 오로지 고매한 불교의 설법에 더해 더없이 유용한 생활의 기술까지 이웃나라에 전하신 팔방미인 스님들의 은공 덕이 아닌가. 내 이 다음 절에 가게 되는 날이면 두 분을 생각하며 평소보다 두 배로 보시를 하리라. 하지만 스님, 오늘은 일단 감사히 먹겠습니다요.

나무아미타불 관세음보살!

살아 있는 국수의 전설, 구포국수

길거리 음식이자 배달음식으로서 구포국수는 도시 노동자를 위한 최고의 패스트푸드였을 것이다. 도시화로 인한 인구 증가가 급속히 이뤄지는 지역에서 마른 면이 대중화되고 패스트푸드화되는 현상은 에도 시대 길거리 음식으로 인기를 얻은 일본의 소바나 비슷한 시기인 17세기경 이탈리아 나폴리에서 날개 돋친 듯 팔려나갔다는 파스타의 인기를 통해서도 찾아볼 수 있다.

서울 사람은 모르고 부산 사람은 아는 국수의 전설이 있다. 서울서 KTX를 타고 부산으로 내려오는 방법에는 두 시간 반이 걸리는 코스와 세 시간에 약간 못 미치는 코스가 있다. 후자를 타면 국수의 전설이 태어난 그곳을 거칠 수 있다. 조선시대부터 부산의 관문이자 경상남도 일대의 물류 창구 노릇을 해온 구포다.

마른 면을 부르르 끓여 건져낸 후 국물을 붓고 고명을 얹으면 되는 잔치국수나 매운 고추장양념에 완숙달걀 반쪽과 송송 썬 오이를 얹은 비빔국수의 재료 소면(素麵)에 대해 '썰'을 풀고자 한다면, 구포국수에 대해 말할 수 있어야 한다. 국수의 전설, 구포국수는 소면의 지존이자 적어도 우리 역사에서 최초로 소면의 산업화와 대중화를 이끈 주역이다.

'국수 천국, 냉면 지옥'. 부산에 대한 면식인들 사이의 우스개 소리다. 한마디로 맛있는 국숫집은 많고, 냉면 잘하는 집은 별로 없다는 이야기다. 제대로 된 냉면집을 찾기 힘든 것은 이 지역의 명물이자 냉면의 대용품이라 할 밀면의 인기가 워낙 큰 탓일 게다. 반면 여기 말로 물국수, 서울서는 잔치국수 또는 온국수로 통하는 멸치 육수 기반의 소면을 전문으로 하는 집은 흔하기도 하고, 맛도 좋고, 가격까지 겸손하다. 자타공인 면식인으로서 부산에 이사 와 만나게 된 가장 놀라운 은총은, 메뉴라고는 달랑 물국수와 비빔국수, 두 가지뿐인 하드코어 국숫집들이 동네마다 있다는 것이다.

사실 소면을 따뜻한 멸치 육수에 말아낸 잔치국수가 서울에서는 오랫동안 분식집의 곁들임 메뉴 정도에 불과했다. 칼국수나 냉면이 아닌 잔치국수를 주인공으로 내세운 국수전문점들이 생겨난 것은 비교적 최근의 일이다. 그리고 대부분 프랜차이즈 식당의 범주에 머문다. 그러나 부산에는 동네마다 탄탄한 내공과 역사를 가진 국숫집들이 있고, 대개

2,000~3,000원 사이 수줍은 가격의 물국수가 대표 메뉴다. 그런데 이런 집들을 드나들다 보니 상호와 메뉴에 물국수나 온국수 또는 잔치국수가 아니라 구포국수라는 이름을 적어놓은 집들이 상당히 많다는 것을 발견하게 되었다.

가게마다 조금씩 차이가 있지만 내가 맛본 부산국수 또는 구포국수의 특징은 세 가지로 요약된다. 진한 멸치 국물, 쫄깃 두툼한 면발, 다양하고 푸짐한 고명. 이렇게 이야기하니 그냥 맛있는 국수의 특징이 아닌가 싶지만, 서울의 국수와 비교해보면 차이가 두드러진다. 일단 가장 먼저 눈에 들어오는 차이는 고명이다. 대개 호박과 달걀지단, 김가루 정도가 전부인 서울 지역의 잔치국수와 달리 부산 지역의 물국수는 이 모든 고명에 더해 데친 부추가 잔뜩 들어간다. 거기에 간 깨와 채 썬 단무지, 가게에 따라서는 채 썬 어묵까지 올리는 경우도 있다. 간장과 고춧가루 듬뿍 든 '다대기'는 기본이다. 못 넣어도 네다섯 가지의 고명을, 그것도 양껏 올려놓으니 면발이 아예 보이지 않는 경우도 있다. 그러고도 여기서는 땡초라 부르는 청양고추를 잔뜩 썰어놓은 별도의 다대기통이 딸려 나온다.

부추는 이 지역 사람들이 워낙 좋아하는 채소다. 그래서 그런지 국물 음식 여기저기에 많이 들어간다. 가령 부산 지역의 먹거리로 소문난 돼지국밥집에서는 날부추를 잘게 썰어 아예 수북이 접시째 함께 낸다. 그리고 그걸 국물에 통째로 투하하는데, 부추 특유의 깔끔한 뒷맛이 돼지

국물의 잡내를 잡아준다. 부추는 돼지국밥뿐 아니라 이 지역 국수에 쓰이는 진한 멸치 육수와도 썩 잘 어울리는 궁합이다. 그러나 채 썬 단무지와 어묵이라니. 사실 어묵이나 단무지처럼 간이 강한 재료를 국물에 얹으면 국물 맛이 확 바뀔 수 있다. 게다가 잔치국수는 우동이나 칼국수처럼 진한 단맛의 가다랑어 국물이나 면발을 함께 넣어 끓인 걸쭉한 국물과 달리 담백한 멸치 국물이 기본이라 더욱 그러하다. 그러나 구포국수에는 이 다양한 고명들을 제압하는 강력한 한 방이 있다. 이곳 기장 지역에서 나는 신선한 멸치를 듬뿍 쓴 국물이 그것이다.

묵직하고 진한 감칠맛의 멸치 육수는 남해의 강렬한 태양과 짭조름하고 시원한 바다를 그대로 담아 우려낸 듯 호쾌하다. 맹물에 멸치 몇 마리가 물장구치다 가버린 듯 맹맹하여 소금으로 간장으로 간신히 간만 맞춘 내륙의 육수 맛과는 비교할 수가 없다. 일단 그 국물 맛을 보고 나면 다른 국수들이 싱거워진다. 소금 간의 싱거움을 이야기하는 것이 아니다. 재료의 질적인 차이와 그것을 우려낸 정도로 인한 차이다.

그러나 구포국수의 중심은 어디까지나 구포에서 생산된, 특유의 쫄깃함과 짭조름한 맛이 일품인 면발에 있다. 구포국수가 국수의 전설로 남은 유래를 살피려면 바다와 강을 낀 독특한 자연환경, 그리고 예로부터 일본과 문화적 교류가 활발했고 6·25 때 피난민들의 마지막 보루가 되었던 이곳의 역사적 배경을 이해해야 한다.

구포는 부산 북구에 있는 지명이다. 낙동강 입구 요지에 자리해 조선

시대부터 이미 경남 지역 수륙 운송의 중계지이자 물산의 집산지였으며, 오랫동안 부산의 관문 노릇을 해왔다. 그러니까 구포국수는 이 지역에서 생산한 소면과 이 지역 스타일의 물국수를 모두 일컫는 말로 평양냉면 또는 함흥냉면처럼 일반명사화하여 쓰이고 있다.

부산은 조선시대부터 왜관을 통해 일본 문화의 유입이 가장 빠르게 이뤄진 곳이다. 일본의 대중적인 국수였던 소면이 우리나라에 최초로 들어온 때는 정확히 알 수 없지만, 이 지역에는 일제강점기에 이미 소면을 먹는 문화가 널리 퍼져 있었다고 한다. 특히 1905년, 일제가 물자 수탈을 위해 만든 경부선의 종착역이 구포에 들어선 이래, 당시 밀의 국내 최대 생산지였던 황해도에서 구포까지 밀이 운반되는 루트가 생기면서 남선곡산과 같은 제분 공장과 더불어 국수 공장이 들어섰다. 명실공히 경상도 최대의 곡물 집산지이자 제분업과 제면업의 중심지가 된 것이다.

일제강점기에 태동한 구포의 제면업은 6·25 전란을 통해 비약적인 발전을 하게 된다. 부산으로 밀려든 난민들에게 가격도 싸고 맛도 좋은 구포국수가 폭발적인 인기를 끌었던 것이다. 소면은 마른 면인지라 보관과 이동이 간편하고, 대량생산이 가능해 값이 저렴하다. 또한 조리도 쉬워 빠르고 간편하게 먹을 수 있는 식재료다. 그런 소면으로 만든 국수는 주머니 사정이 좋지 못하고 시간 여유가 없는 노동자들에게 편리하고 기특한 한 끼가 되어주었다. 1950년대에는 구포에서 국수를 받아다 조리한 후 부산 시내로 팔러 다니는 행상들도 많았단다. 지금으로서는 익히면 불게 마련인 국수를 어떻게 이고 지고 다니며 팔았는지 상상하기 힘들지만, 과거 냉면이 가장 대표적인 배달음식이었다는 사실을 생각해보면 그리 놀랄 일도 아니다.

길거리 음식이자 배달음식으로서 구포국수는 도시 노동자를 위한 최고의 패스트푸드였을 것이다. 도시화로 인한 인구 증가가 급속히 이뤄지는 지역에서 마른 면이 대중화되고 패스트푸드화되는 현상은 에도시대 길거리 음식으로 인기를 얻은 일본의 소바나 비슷한 시기인 17세기경 이탈리아 나폴리에서 날개 돋친 듯 팔려나갔다는 파스타의 인기를 통해서도 찾아볼 수 있다.(크리스토프 나이트하르트, 《누들》) 당시 소바와 파스타를 주로 소비하던 계층은 시골에서 도시로 일거리를 찾아 올라온 가난한 젊은 노동자들이었다.

이야기가 너무 멀리까지 갔다. 이 전설의 국수, 한국식 소면의 대명사이자 '거의 최초'의 패스트푸드였던 구포국수는 지금 어떻게 명맥을 이어가고 있을까? 구포시장에 가보았다. 좁은 입구와 달리 안으로 들어가니 수십 개로 갈라지는 골목마다 다른 품목을 취급하는 규모 있는 시장이었다. 그런데 눈에 띄는 국숫집은 없었다. 국수 공장도 찾지 못했다. 명성 자자한 그 국수 공장들은 다 어디로 갔을까?

전란이 마무리된 후 구포국수의 사연은 이랬다. 구포국수는 1960년대 정부의 혼분식장려운동과 더불어 또 한 번의 전기를 맞아 공업 지역이 된 부산과 근처 마산까지 공급을 늘리며 승승장구했다. 1970년대 들어서는 구포에만 20개가 넘는 국수 공장이 성업 중이었다고 한다.(박정배, 《음식강산②》) 그러나 1980년대 들어서 밀가루를 직접 반죽해 면을 뽑고 일일이 손으로 널어 해풍에 말리던 가내수공업 방식의 공장들은 대기업의 물량 공세에 밀려 대부분 문을 닫았다. 지금은 과거의 방식을 고수하며 국수를 생산하는 곳이 이곳에 딱 하나 남아 있어 구포국수의 명맥을 유지하고 있다.

구포에 남은 유일한 국수 공장에서 물건을 받아 쓴다는 시장통 분식집에서 구포국수를 맛봤다. 쫄깃하고 짭조름한 면발과 깔끔한 멸치 육수. 맛있었지만, 이미 다른 국숫집에서 구포국수란 이름으로 맛본 것들과 크게 다르지 않았다. 원정을 온 보람은 있어야겠기에 분식집에서 파는 소면 묶음을 두 개 샀다. 시장에 다녀오고 나서 한참 뒤, 구포국수의 명성을 이어 가고 있는 곳은 이제 구포시장이 아니라 그 건너편 대동마을의 국수마을과 금정구에 있는 한 국숫집이라는 이야기를 전해 들었다.

몇 달 뒤, 남산 언덕배기에 자리한 '구포촌국수'를 찾아갔다. 보통 3,500원, 곱빼기 4,000원, 왕 4,500원이라는 양과 가격의 분류만 적어 놓은 메뉴가 다였다. 오로지 온국수 하나로 승부를 거는 모양새가 맘에 들었다. 오후 3시경 찾아갔는데도 빈자리가 거의 없었다. 남편과 나란히 앉아 곱빼기와 보통을 하나씩 시켰다. '스뎅' 대접에 뽀얗고 도톰한 면발이 국물 없이 담겨 나왔다. 노랗게 채 썬 단무지와 데친 부추, 붉은 양념장이 약간, 국물은 양은 주전자에 따로 나왔다.

입이 델까 싶게 뜨끈한 국물을 따라서 면발을 사려둔 섬을 중심으로 작은 멸치 호수를 만든다. 다진 땡초 한 숟가락을 과감하게 얹고 면을 휘저어 양념장과 고명을 섞는다. 후루룩, 면발을 들이키고 국물을 들이킨다. 주전자에 남은 뜨거운 국물을 컵에 따라 함흥냉면집 육수 마시듯 따로 마셔본다. '국수는 밥이 아니다'라는 지론을 갖고 있으며, 비빈 것과 국물에 빠뜨린 것이 있다는 것 외에 다른 차이를 모르던 남편이 마지막 면발과 국물을 남김없이 들이키며 한마디 했다.

"잔치국수가 이렇게 맛있을 수도 있나?"

통일이 되면 평양에 가서 진짜배기 평양냉면을 맛보겠노라며 굳은 다짐을 하는 마니아들이 많다. 구포국수는 현재 대한민국 통치령하에 있는 부산에서, 전국 어디서든 일일생활권인 부산에서 만날 수 있는 살아 있는 국수의 전설이다. 전국의 면식수행자들에게 고한다. 오라. 여기 소면의 전설, 구포국수가 살아 있다!

고향을 이어주는 끈, 베트남 쌀국수

어떤 베트남인은 말했다. 수십 년간 식민지배와 전쟁에 시달리고 분열됐던 그들이 아직도 한 민족으로 남아 있다는 유일한 증거는 음식문화뿐이라고. 그 말은 어쩌면, 베트남보다 더 먼저부터 더 오랫동안 분열된 시간을 보내고 있는 우리에게도 절절한 진실일 수 있겠다는 생각이 문득 들었다. 한 솥의 밥을 나눠먹는 우리가 한 가족이듯이, 사람과 사람, 사람과 고향을 이어주는 어마어마한 힘이 따끈한 국수 한 그릇에 담겨 있는 것인지도 모른다.

나는 베트남에 가본 적이 없다. 베트남인 친구가 있는 것도 아니다. 고려시대 베트남에서 건너왔다는 화산 이 씨와 혼인 관계로 엮인 조상도 없다. 베트남음식이나 베트남 영화 등 그곳 문화에 딱히 빠삭한 것도 아니다. 그런데 우습게도 '향수병'이란 단어만 접하면 손톱만 한 고추를 듬뿍 얹은 베트남 쌀국수가 떠오른다. 이건 오로지 스물세 살의 여름, 캐나다 토론토에서 맛본 국수 한 그릇 때문이다.

취업이냐 진학이냐를 두고 고민하던 대학 4학년 여름. 토론토에서 3개월 정도 머무를 기회가 있었다. 세워진 지 180년이 넘는 고풍스러운 기숙사 건물에서 난생 처음 보호자 없는 자취 생활을 하게 됐다. 낯선 땅에 홀로 떨어지면 철이 드는 법인지, 대학 3년 동안 피하기만 했던 공부를 이제 와서 제대로 해보겠다며 낮에는 어학 수업을 듣고 저녁에는 대학원 진학 준비를 하는 성실한 생활을 하고 있었다. 주말에도 도서관에 틀어박히거나 기숙사에서 만난 또래들과 음식을 만들어 먹는 지극히 건전하고 단순한 일상을 이어가던 어느 날, 옆방 친구가 한인교회에 함께 나가자고 청해왔다.

한국에서도 초등학생 시절, 크리스마스 선물을 노리고 동절기 한정 기독교신자 노릇만 해본 내가 캐나다까지 와서 한인교회에 나가다니. 미안하지만 노 땡큐다. 너 혼자 잘 다녀와라, 친구야! 단번에 거절하였으나 열혈신자인 친구는 전략적이고 집요했다.

"가면 점심을 푸짐한 뷔페로 먹을 수 있어. 물론 공짜지."

학교 식당은 며칠째 기름에 젖은 프렌치프라이와 짜디짠 베이컨 등 고지혈증을 부르는 종합선물세트 같은 구성으로 일관 중이었다. 결국 나는 이 영리한 친구의 작전에 말려 거의 매주 교회에 가게 됐다. 과연

신도들이 다 같이 모여 먹는 뷔페 식사는 간혹 매운 닭볶음 같은 한국식 반찬이 끼어 있어 일요일 오전 시간을 희생한 보람을 맛보게 해줬다.

그렇게 주말마다 교회에 출석도장을 찍고 있던 어느 날, 동갑내기 교포 2세들의 초대로 차이나타운에서 외식을 하게 됐다.

"굉장히 유명한 집이거든. 아마 한국에서는 못 먹어봤을걸?"

남매인 두 사람은 우리를 차이나타운 입구에 있는 널찍하고 후줄근한 식당으로 안내했다. 토론토에서 제일 맛있는 '누들'을 내놓는다는 그 집은 베트남 쌀국숫집이었다.

당시는 한국에 베트남 쌀국수가 소개되기 전이었다. 베트남 음식이 어떤 것일지 상상하기 힘들었고, 쌀로 국수를 만든다는 것도 생소했다. 차려 나온 국수를 보니 반투명한 흰빛의 넓적한 면발에 쇠고기 육수임이 분명한 맑은 국물을 넉넉하게 붓고 얇은 쇠고기 조각을 곁들인 것이었다. 이대로라면 쇠고기 국물의 소면 같은 느낌인데, 별도의 쟁반에 숙주나물이 한 무더기, 처음 보는 고수라는 향풀이 아예 가지째로 한 움큼, 여기에 앙증맞은 베트남 고추(일명 쥐똥고추. 진짜로 쥐똥만 하다.)가 수북이 나왔다. 이걸 대체 어찌 먹으라는 건지….

마주 앉은 남매를 따라 숙주나물을 집어넣고, 가지에서 뜯어낸 고수 잎을 국수 위에 얹었다. 느끼하거나 짠맛 일색인 현지식에 질려 있던 터라 청양고추를 약 1/10로 축소시켜 놓은 듯한 베트남 고추가 무지 반가웠다. 안 그래도 그간 캡사이신 금단현상에 시달려왔던 터라 나는 국수를 맛보기 전에 고추를 입 안에 넣고 씹기 시작했다. 헉! 혀끝과 식도를 강타하고 다시 가슴을 얼얼하게 때리는 통증의 파도! 이걸 맵다고 해야 할지, 아프다고 해야 할지. 매운맛은 미각이 아닌 통각이라는 사실을 이토록 절절하게 느낀 것은 처음이었다.

기침과 눈물과 콧물까지 동원된 베트남 고추의 뒤끝을 마무리하고, 뜨끈한 국물을 한 숟갈 떴다. 기름기 없이 맑고 가벼운 쇠고기 육수는 레몬과 고수, 숙주나물과 만나 상큼하고 이국적인 맛을 냈다. 처음 먹어본 쌀국수는 밀가루로 만든 면과 달리 쫄깃함이 모자라는 대신 매끄럽고 부드러운 질감으로 식도를 미끄러지듯 넘어갔다. 뭐, 낯설긴 하지만 나쁘진 않구먼. 점심을 사는 친구들의 성의에 보답하는 차원에서 수선스럽게 감탄을 표하며 국수를 들이키는데, 마음속에서는 묘하게 이 교포 친구들에 대해 측은한 마음이 들었다.

이민 1.5세대인 이들은 너무 어릴 때 한국을 떠나서 고국에 다시 가본 적이 없다. 분명히 제대로 된 평양냉면은 구경도 못했을 거고, 청진동 해장국의 시원함은 짐작도 못할 것이었다. 그러니 이 요상한 베트남 쌀국수를 최고의 국수, 최고의 해장 국물이라며 소개한 것 아니겠나. '서울에 오면 내 너희들에게 맛의 신세계를 보여주마.' 나는 속으로 큰소리를 쳤다.

베트남국수의 주재료인 쇠고기 육수, 숙주와 쌀은 사실 탕국과 밥을 기반으로 하는 우리 민족에게는 매우 익숙한 재료다. 이 구성에 고춧가루와 고사리 정도만 더하면 육개장과 쌀밥을 차려낼 수도 있으니까. 그러나 같은 주재료를 가지고 우리의 멀지 않은 이웃 베트남에서는 지역에서 나는 풍부한 식자재를 배합하고 그들 입맛에 맞는 조리법으로 완전히 새로운 음식을 창조했다. 거기까지 생각이 미치고 나니 한국인의 유전자를 가지고 캐나다 문화에 적응하며 살아가는 교포 남매가 우리에게 익숙한 재료로 다른 변주를 만들어낸 베트남식 쌀국수에 매료된 것도 의미심장하게 다가왔다.

어쨌든 익숙한 재료로 만든 이국적인 음식, 베트남 쌀국수를 먹으며 가장 좋았던 것은 캐나다에서는 좀처럼 찾기 힘든, 얹힌 속까지 뚫어줄 듯 시원하고 뜨끈한 국물이었다. 첫 시도에서는 화장품을 먹는 듯 이질적이었던 고수나 아픔을 동반하는 베트남 고추가 고역이었지만, 익숙해지고 난 뒤에는 이들을 빼고 먹는 베트남국수는 '앙꼬 없는 찐빵'이라는 생각도 들었다. 특히 비오는 날이면 왠지 모르게 그 뜨끈한 국물이 생각났다. 결국 우리는 엄마가 끓여주는 쇠고기 무국이 생각나는 날이라든가, 전날 먹은 술로 해장이 시급한 날, 왠지 감기 기운이 있는 것 같은 날 등 온갖 핑계로 뻔질나게 베트남국숫집을 찾게 되었다. 제대로 된 한국음식을 먹을 수 없는 상황이니만큼 우리는 대체제인 베트남국수에 입맛을 적응시켰고, 그것은 아쉬운 대로 향수에 시달리는 친구와 나의 위장(胃腸)에 평화를 가져다주었다.

포(pho)라고 부르는 베트남국수가 우리나라에 들어온 지는 10여 년이 좀 넘은 듯하다. 캐나다를 비롯해 미국과 유럽 등지에서 베트남국수의 유행은 우리보다 많이 앞섰다. 1970년대 베트남전쟁을 전후로 국제적 이슈가 된 보트피플(boat people)의 정착과 연관이 있다. 우리가 처음 베트남국수를 맛본 토론토 역시 베트남 이민들이 많이 정착했던 도시다. 심지어 내가 그곳에 있을 당시 급속히 불어난 중국계 이민과 더불어 베트남계 이민들이 많이 살던 스파다이나 거리(spadina st.)에서 베트남 조폭들이 연루된 총격전이 벌어지기도 했다. 한국인 학생들은 영화에서나 보는 일인 줄 알았던 총격전이 이토록 가까운 곳에서 벌어졌다는 사실에 충격을 받았다. 뉴스를 접하고 며칠 동안은 베트남국숫집에 가는 것이 살짝 무섭기도 하였다. 하지만 식당이나 학교에서 접한 베트남인들은 그저 부지런하고 성실한 사람들이었고, 뭐든 열심히 하려는 모습은 한국인 교포들과 닮아 있기도 했다.

어떤 베트남인은 말했다. 수십 년간 식민지배와 전쟁에 시달리고 분열됐던 그들이 아직도 한 민족으로 남아 있다는 유일한 증거는 음식문화뿐이라고. 그 말은 어쩌면 베트남보다 먼저, 더 오랫동안 분열된 시간을 보내고 있는 우리에게도 절절한 진실일 수 있겠다는 생각이 문득 들었다.

한 솥의 밥을 나눠먹는 우리가 한 가족이듯이, 사람과 사람, 사람과 고향을 이어주는 어마어마한 힘이 따끈한 국수 한 그릇에 담겨 있는 것인지도 모른다.

사람과 고향을 이어주는 끈에는 참으로 여러 가지가 있을 수 있다.

위대한 문화, 웅대한 국민, 명예로운 역사.

그러나 고향에서 뻗어 나온 가장 질긴 끈은 영혼에 닿아 있다.

아니, 위(胃)에 닿아 있다.

이렇게 되면 끈이 아니라 밧줄이오, 억센 동아줄이다.

- 요네하라 마리

어디서나 통하는 국물의 진심, 완당

야자수 나무 아래 선 깡마른 군인의 흑백사진. 아버지가 남겨둔 단 한 장의 월남 시절 사진이다. 나보다 훨씬 젊은, 성마른 표정의 아버지가 낯설었던 그 사진을 떠올리며 완당을 한 숟가락 퍼 올렸다. 시원하고 뜨거운 국물, 구름 닮은 완당이 스르륵 미끄러지듯 목구멍으로 넘어가며 뱃속이 훈훈하게 더워졌다. 한여름이어도 뜨거운 국물의 위로가 필요할 때가 있다. 헛헛한 속을 따끈하게 풀어주는 해장(解醒)의 도움 없이 버티기 힘들 때가 있다.

9월 말의 스톡홀름에는 저녁이면 이미 초겨울을 예고하는 칼바람이 기세등등했다. 다니던 회사가 영국계 회사와 스웨덴계 회사의 합병으로 이뤄진 다국적기업이었던 터라 지난 10여 년간 스톡홀름은 단골 출장지였다. 당시만 해도 직항이 없어서 런던이나 프랑크푸르트를 거치며 열여섯 시간에 이르는 비행시간과 대기 시간 끝에 스톡홀름에 들어가면 호텔방의 시계는 이미 밤 9시를 가리켰다. 빈속이지만 이 시간에 천근만근인 몸을 이끌고 저녁을 먹겠다며 호텔 문 밖으로 나설 엄두는 나지 않았다. 그렇다고 '먹지 않는 자, 일하지도 말라.' 이를 신조로 하는 내가 한 끼를 거르는 것은 상상도 할 수 없는 짓이었다. 지친 몸과 후줄근한 복장으로 호텔 레스토랑에 들어가기는 또 부담스럽고…. 이럴 때 딱 좋은 것이 룸서비스로 시켜 먹는 수프다. 보통 때라면 비싼 룸서비스 따위 엄두도 내지 않을 테지만, 만 하루에 달하는 비행시간 내내 느끼한 기내식으로 버티다 침대맡에서 먹는 뜨끈한 국물은 고생한 나를 위한 특별 보너스다.

이럴 때 나는 밥을 말아 먹어도 괜찮을 것 같은 맛, 우리나라 고깃국과 비슷한 맛을 내는 수프를 목표로 메뉴를 뒤진다. 대개 육수와 야채로 맑게 끓여낸 이태리식 미네스트로네나 양파 수프가 기본이고, 운이 좋으면 중국인 관광객들을 겨냥한 완탕 수프(wonton soup)도 발견할 수 있다. 어디를 가든 워낙 동양인 관광객이 많아진 터라 좀 규모 있는 유럽의 호텔에서는 중국인이나 일본인을 겨냥하여 간단한 메뉴를 구비하고 있다. 완탕은 그런 기본 메뉴로, 가격도 크게 부담되지 않는 착한 메뉴다. 맛은 뭐, 한국식 만둣국에 비할쏘냐만.

맑고 가벼운 육수에 한국식 만두보다는 좀 작은 중국식 만두가 둥둥 떠 있는 완탕은 요기하기에도 충분하고 무엇보다 속풀이에 그만이다. 이 뜨끈한 완탕 한 그릇이 불러오는 노곤한 식곤증은 시차 극복에도 특효약이다. 그냥 이대로 뻗었다가 눈을 뜨면 가뿐하게 스톡홀름의 아침을 맞을 수 있다.

곰곰이 생각해보니 이 완탕이란 녀석을 나는 스톡홀름, 런던, 샌프란시스코, 싱가포르, 북경 등 참 다양한 도시에서 맛봤는데, 정작 나를 감동시킨 한 그릇은 저 머나먼 유럽의 도시도 아니고 원조 완탕의 도시인 홍콩도 아닌, 부산 보수동 골목에 자리한 작은 가게의 '완당'이었다.

완탕, 훈툰, 운탕, 완당. 중국식 만둣국인 훈툰(馄饨)에서 유래했다는 완탕은 이름이 많다. 중국에서는 주로 간단한 아침 식사로 먹는 훈툰이 광둥 지방과 홍콩에서는 완탐이고, 일본에서는 완탕으로 정착했다. 일본에서 꽤나 보편화된 완탕은 일찌감치 컵라면으로 개발되어 자국은 물론 유럽이나 미국의 식료품점에서도 흔히 찾아볼 수 있는 간편식이 되었다.

완당은 이 일본식 완탕의 부산식 리메이크다. 짬뽕과 달리 어디가 원조냐를 다툴 여지가 없는 것이, 완당집은 전국에 딱 세 곳, 그것도 부산에만 있는데 그 창시자가 아직 건재하기 때문이다. 1947년, 일본식당에서 완탕을 배워온 사장님이 포장마차로 시작했다는 '18번 완당집'이 그곳이다. 60여 년이 지난 지금 부산을 대표하는 명물로 자리 잡은 완당은 속을 꽉 채운 중국식 완탕과 달리 고기와 달걀노른자, 밤가루, 양배추, 양파, 파, 부추로 만든 소를 딱 새끼손톱만큼 집어 종잇장처럼 얇은 피에 싸 넣은 것인데, 국물 위에 떠 있는 모습이 마치 구름을 닮았다 하여 운당(雲呑)이라고도 불린다. 닭고기 육수의 진하고 약간 기름진 국물 맛이 특징인 일본식 완탕과 달리, 질 좋은 남해 멸치 육수와 다시마의 감칠맛이 더해져 깔끔하고 시원한 맛이다.(박훈하 외,《부산의 음식, 생성과 변화》)

이 감사한 국물에 숙주나물과 함께 끓여낸 완당이 실크처럼 부드러운 식감으로 어우러진 흐뭇함이란! 나는 이 부산식 완당을 감히 지상 최고의 해장 만둣국이라 선언한다! 씹을 것도 없이 넘어가는 완당이 허전하다면 면을 추가해 완당면으로 먹어도 좋고 유부초밥을 더해도 훌륭하다.

마흔 평생 서울 토박이였던 내가 부산인들만 안다는 완당을 처음 맛본 것은 회사를 때려치우고 부산으로 전격 이주한 지 딱 한 달째가 되던 여름, 아버지의 추억 여행에 따라나선 덕분이었다. 전쟁 같던 일과 육아의 줄다리기를 놓아버리고 낯선 도시로 덜컥 떠나버린 딸내미가 멀쩡한지 확인하고자 했던 아버지는 부산에 오자마자 남포동에 가자 했다. 풍광 좋기로는 나폴리 부럽지 않고 시설 좋기로는 싱가포르 뺨치는 해운대에 와 있건만 그 복잡한 옛날 동네에는 뭐하러 간담. 구시렁대는 어머니와 나를 뒤에 달고도 아버지는 지하철로 한 시간이 넘게 걸리는 남포동을 고집했다. 건축가였던 아버지는 젊은 시절 수개월이 걸리는 공사를 맡아 부산에 머문 적이 있다고 했다. 그래도 그게 몇 년 전인데, 못해도 40년은 족히 지났을 텐데 구불구불한 골목들을 손바닥 보듯 누비는 아버지가 신기했다. 서울보다 두 배쯤 뜨겁고 세 배쯤 밝은 부산의 여름 태양에 시달리다 도착한 '18번 완당집'은 지하에 자리하고 있었다. 그래서 일단 '겁나게' 시원했다.

'얼마나 대단한 음식이기에….' 툴툴대며 자리에 앉은 일행의 눈에 신기한 구경거리가 펼쳐졌다. 아주머니 두 분이 테이블 하나 가득 완당을 빚고 있었다. 바닥이 비칠 만큼 얇은 완당피에 만두소를 넣고 다시 피를 접어 완성하는 동작이 어찌나 날렵하고 절도 있던지, 흡사 종이접기를 하는 공예가의 모습을 보는 듯했다. 게다가 그 놀라운 속도! 척척척, 딱 세 번만 민첩하게 손을 놀리면 나비 날개처럼 가냘픈 완당이 완성되었고, 텅 비었던 테이블은 10여 분 만에 완당으로 작은 산을 이뤘다. 달인의 경지에 오른 아주머니들의 솜씨를 구경하다 보니 어느새 땀은 다 식었고, 완당과 유부초밥 세트가 우리 앞에 놓였다.

"아버지, 여긴 어떻게 알고 왔어? 40년 전에도 완당이 있었어요?"

"그럼, 그 전에도 있었어."

"아버지가 그 전에도 부산에 올 일이 있었어? 언제?"

"그게… 월남 갈 때."

이런, 완당은 아버지의 월남전을 추억하는 식사였다. 20대 중반의 늦깎이 군인이었던 아버지는 이미 어린 아들을 둔 가장이었다는데, 대체 그런 사람이 왜 파병군이 되어야 했는지. 아버지는 가족들에게 월남 이야기를 스스로 한 적이 없었다. 어느 해던가, 사위들과 이런저런 이야기를 나누다 문득 부대가 함께 귀국하는 배를 놓치고 혼자 월남을 떠나지 못하는 악몽을 아직도 꾼다고 얘기했던 게 기억난다. 아버지는 최전선의 맹호부대 소속이었다.

40여 년 전 부산은 내 아버지와 그만큼 절절한 사연을 지닌 수많은 젊은이들이 이국의 전장으로 떠나기 전 마지막 추억을 만든 항구였다. 돌아올 수 있을까? 잘 있거라, 부산항아! 32만 명의 파병군인 중 한 명이었던 아버지는 5,000명의 사망자를 낸 월남전에서 무사히 돌아왔다. 그리고 수십 년간 잠복해 있던 고엽제의 부작용이 발현되기 전까지, 월남전의 기억은 고스란히 본인 안에 갇혀 있었다.

야자수 나무 아래 선 깡마른 군인의 흑백사진. 아버지가 남겨둔 단 한 장의 월남 시절 사진이다. 지금의 나보다 훨씬 젊은, 성마른 표정의 아버지가 낯설었던 그 사진을 떠올리며 완당을 한 숟가락 퍼 올렸다. 시원하고 뜨거운 국물, 구름을 닮은 완당이 스르륵 미끄러지듯 목구멍으로 넘어가며 뱃속이 훈훈하게 더워졌다. 한여름이어도 뜨거운 국물의 위로가 필요할 때가 있다. 헛헛한 속을 따끈하게 풀어주는 해장(解醒)의 도움 없이 버티기 힘들 때가 있다. 막막한 20대의 파병군인이었던 아버지에게도, 마흔의 반란 앞에 휘청대는 딸에게도 완당은 고마운 위로가 되어주었다.

"맛있지?"

"어, 엄청 시원해."

회나 매운탕이었으면 더 좋았겠다는 엄마를 무시하고 아버지와 나는 "어, 시원하다."를 연발하며 마지막 숙주나물 한 조각, 국물 한 방울까지 해치웠다. 집으로 돌아오는 길은 여전히 뜨거웠지만 그렇게 힘들지 않았다.

이틀간 짧은 여행을 마치고 두 분이 서울로 가신 후에도 복잡한 골목길을 누비던 아버지의 넓은 등이 떠올랐다. 거기에 군모를 삐딱하게 눌러쓴, 검게 그을린 얼굴의 젊은 아버지가 겹쳐졌다. 무엇보다 아버지가 사준 뜨끈한 완당이 자꾸 생각났다. 훈툰, 완탕, 완당… 스웨덴의 일급 호텔에서 맛본 완탕도, 홍콩의 맛집에서 맛본 완탐도 아버지와 함께 맛본 완당보다는 못했다. 그 뜨거운, 진심 어린 국물의 위로를 위장 가득 채우며 깨닫는다. 아무래도 내 마음은 심장이 아니라 위장에 세 들어 사는 모양이다.

마늘피자

토끼고기 스파게티

냉잔치국수

진주냉면

볼로네즈 스파게티

비빔당면

제4부

당신만의 누들로드

낯선 곳에서 국수를 먹는다

날씨가 좋은 날 아침 잠자리에 누워 마음을 가라앉히고 도대체 이 세상에서 정말 즐거움을 주는 것이 몇 가지나 있나 손꼽아 세어보면, 반드시 맨먼저 손가락을 꼽아야 할 것은 음식이라는 것을 깨닫게 된다.

― 린위탕(林語堂)

탄수화물이 필요해, 마늘피자

🌸🌸 밀가루붙이가 주는 포만감과 구수함, 고소함, 쫄깃함, 바삭함과 담백함… 여하간 천의 얼굴을 가진 이 존재를 무엇으로 대신할 수 있을까? 씨앗인 밀을 분쇄해 물을 붓고, 젓고, 치대고 다시 쪄내고 말리고 삶고 구워서 온갖 형태로 변신시키고 소스와 국물과 토핑으로 뒤덮어도 사라지지 않는 본연의 풍미를 뭐라 말할까? 밀가루는 다른 재료들을 받아들여 완벽하게 융합되는 밑바탕 같은 재료이면서, 동시에 어떤 변형을 가해도 결국 요리의 메인이 되고 마는 독특한 존재다. 🌸🌸

고백하면, 나는 중증의 탄수화물 중독자다. 특히 밀가루 없이 하루를 버티면 금단현상이 나타날 지경이다. '마음의 쉼표'라는 점심(點心)을 국수로 찍어주기 위해서 나 홀로 면식공양도 마다 않는다. 혼자 먹는 점심의 처량함 따위는 국수 한 그릇의 위안 앞에 눈 녹듯 사라진다. 대체 밀가루붙이가 주는 포만감과 구수함, 고소함, 쫄깃함, 바삭함과 담백함… 여하간 천의 얼굴을 가진 이 존재를 무엇으로 대신할 수 있을까? 씨앗인 밀을 분쇄해 물을 붓고, 젓고, 치대고 다시 쪄내고 말리고 삶고 구워서 온갖 형태로 변신시키고 소스와 국물과 토핑으로 뒤덮어도 사라지지 않는 본연의 풍미를 뭐라 말할까? 밀가루는 모든 요리에서 백지처럼 다른 재료들을 받아들여 완벽하게 융합되는 밑바탕 같은 재료이면서, 동시에 어떤 변형을 가해도 결국 요리의 메인이 되고 마는 독특한 존재다.

밀이 주는 안식과 평화를 처음 깨달은 것이 언제였나 돌이켜보니, 그랬다. 늘 먹고 싶은 걸 어느 때든 먹을 수 있던 때는 몰랐다. 집을 떠나 처음으로 하루 세 끼를 스스로 해결해야 하는 환경에 처하고서야 밀의 존재를 인식했다. 혼자 먹는 점심에 익숙해진 것도 그때였다. 그래 너, 밀가루의 힘은 세구나.

피자가 맛있다고 생각한 건 20대 중반, 한없이 원 없이 혼자였던 유학 시절에 마늘피자를 만나고서다. 그 전까지 내가 맛봤던 피자는 죄다 토핑은 물론이고 반죽까지 기름이 번지르르한 것이 콜라 없이는 넘기기 힘든 스낵이었다. 그렇다, 그냥 스낵. 한 끼가 되기에는 뭔가 모자랐다. 양이 적어서가 아니라 한 끼를 먹었다 하기에는 안타까운 맛이라 나는 피자를 온전한 식사로 여겨본 적이 없었다.

그 시절에 나는 운전은 무서워서 못하고, 차는 돈 없어서 못 사는 '뚜벅이' 신세인 탓에 대중교통이라고는 캠퍼스 안을 왔다 갔다 하는 셔틀버스 하나인 곳에서 완벽한 유배 생활 중이었다. 공부가 제일 쉬웠던 게 아니라 공부밖에 할 게 없는 삭막한 환경에서 그나마 다행이었던 것은 거짓말 살짝 보태 교내에서 지평선을 볼 수 있는 어마어마한 부지의 캠퍼스인지라 외부 식당이 교내 곳곳에 진출해 있다는 점이었다. 내가 살던 낡아빠진 학생 아파트 앞에도 식당이 몇 개 있었는데, 그 세 군데서 모두 피자를 팔았다. 밤이면 술집으로 변하는 베어스(Bear's)와 전국에 체인을 가진 도미노피자, 그리고 당시만 해도 인디애나주에서 생겨난 신생 체인점이었던 파파존스피자.

집을 떠나 처음 하는 외지 생활에 학업의 부담감까지 겹쳐 식욕을 잃기도 했고, 한창 시험기간일 때는 익숙지 않은 전공 책들과 엄청난 분량의 자료에 치여 밥을 할 시간적 여유도 없었다. 그렇게 한 학기를 지내다 보니 살이 쭉쭉 빠졌다. 먹으러 갈 데라곤 그 느끼한 피자집들밖에 없고!

"도대체 먹을 게 없어. 먹을 시간도 없고."

골골대던 내가 딱했는지 이곳 토박이 친구는 내게 그 작은 체인점의 피자를 권했다.

"여기서 마늘피자를 시켜봐. 딴 거 필요 없어. 소스 위에 치즈만 올린 마르게리타 피자를 주문해. 거기다 토마토랑 마늘만 추가로 토핑 해달라고 해봐. 장담해. 맛있어. 절대 안 느끼해.”

기말고사를 며칠 앞둔 어느 저녁, 허기는 지는데 역시 밥할 기력도 시간도 없었다. 넋 놓고 밤 새워 읽을 책들을 쌓아둔 책상을 쳐다보며 한숨만 짓다가 그냥 속는 셈 치고 친구가 가르쳐준 대로 피자를 주문했다. 그래, 먹을 게 집으로 배달되는 게 어디야. 이 광활한 미국 땅은 배달음식업이 발달하지 못한 미개한 사회가 아니던가.

피곤한 눈을 비비며 책장을 넘기고 있는데 초인종이 울렸다. 그런데 아, 따뜻한 종이상자를 받아 든 순간 확 풍겨오는 바질향과 구수한 빵 냄새. 피자상자를 받아 들면 항상 기름 냄새가 먼저 달려들어 먹기도 전에 질리는 느낌이었는데, 여기서는 식욕을 자극하는 밀 냄새가 먼저 다가왔다.

아직 읽지 못한 책과 프린트한 자료들을 한쪽으로 밀어놓고 책상에 피자 상자를 올려놓았다. 잘 익은 토마토가 소스로, 또 네모지게 잘려 흩뿌려진, 시큼 달달하고 따끈한 2인용 피자. 듬성듬성 얇게 썰어 얹은 마늘조각들이 눅진하게 녹은 치즈 사이에 사이좋게 자리 잡고 있었다. 그러나 치즈와 토마토와 마늘의 강렬한 향 속에서 나를 일으켜 세운 것은 잘 숙성된 반죽을 불에 구워낼 때 나는, 참을 수 없이 구수한 밀 냄새였다.

이 가게의 반죽이 뭐가 그렇게 달랐던 것인지 모르겠다. 인터넷을 뒤져 찾아보니 반드시 세 시간 이상 숙성시킨다는 것 외에 다른 설명은 없다. 아마도 나는 이 가게의 따뜻하고 구수한 피자에서 풍기는 온기를 사랑했던 것 같다. 오레가노와 토마토 향이 그윽한 종이상자를 받아 들었을 때 손바닥에 전해져온 그 따스한 온기의 흐뭇함이라니.

외지에서 음식을 먹을 때, 특히 함께할 사람이 없는 끼니를 때울 때는 선택의 여지가 많지 않다. 쉽고 빠르게 어디서나 들고 먹을 수 있도록 만들어진 음식들이란 미리 만들어두어 차가워진 음식이기 쉽다. 햄버거에 비하면 훨씬 몸에 좋은 음식이라며 이곳 사람들이 점심으로 주로 먹는 것은 대부분 샐러드나 찬 샌드위치였는데, 나는 그런 음식들에서 느껴지는 냉기가 참… 힘들었다. 냉장고에 얼마나 처박혀 있었는지 모를 차디찬 햄 조각과 치즈와 양상추, 양파 같은 것들을 대충 쌓아 올려 억지로 구색을 맞춘 듯한, 그런 차가운 한 끼가 너무 지겨웠다. 내가 지금 혼자라는 것을 확인시켜 주는 메뉴라고나 할까. 이런 찬 샌드위치는 함께 먹어도 함께하는 즐거움을 나눌 수 있는 식사가 되어주지 못한다.

생각건대 함께 나누는 음식의 기쁨을 온전히 누리기 위해 필요한 두 가지 조건은 따끈함과 넉넉한 국물이다. 방금 쪄낸 만두의 따뜻한 훈기가 날아가기 전에, 이제 막 지져낸 녹두빈대떡의 따끈한 바삭함이 눋어 사라지기 전에 마주 앉은 이와 그 온기를 나눠 먹어야 하는 것이다. 설사 건더기가 모자라더라도 재료의 정수를 그대로 우려내어 액화한 한 냄비의 국물을 사이좋게 나눠 먹으며 우리는 한 끼를 같이한 사이가 되는 것이다.

그래서였을 것이다. 직접 요리하지 않았지만, 여하간 따끈한 온기의 미덕을 십분 담아낸 피자가 그리 맛있었던 건. 그 이후로도 맛없고 냉랭하고 냄새조차 없는 콜드 샌드위치를 꾸역꾸역 씹어 삼키는 대신 온기로 활성화된 허브, 녹아내린 치즈, 구워서 더 달콤해진 토마토, 익어서 친절해진 마늘의 냄새, 그리고 그 모든 것을 따끈하게 부풀어 오른 밀가루 반죽의 구수함으로 감싸 안은 피자에서 나는 매번 위안받았다.

서른의 응급처치, 토끼고기 스파게티

비릿한 토끼고기의 쫄깃함, 허브와 소스로 간신히 덮어둔 야생의 냄새, 그 옆에 곁들여진 스파게티. 출장 내내, 사실은 그 계절 내내 몸살을 앓으며 맛을 제대로 느끼지 못하던 나는 이 낯선 음식을 만나 처음으로 식욕을 느꼈다. 서른다섯의 봄, 긴 겨울의 끝을 붙잡고 마지막 기승을 부리던 꽃샘추위처럼 몸과 마음을 끌어내리던 고단한 우울이 조금씩 옅어지기 시작한 것도 그 무렵이었던 것 같다.

혼자 하는 출장길의 식사는 늘 좀 애매한 법이다. 토끼고기와 스파게티의 기묘한 조합은 혼자가 아니었으면 시도하지 않았을 것이다. 유난히 엄마를 타는 큰 녀석과 이제 막 아장아장 걸어 다니는 둘째를 떼어놓고 나서 마음이 영 무거웠던 것만 기억나는 걸 보면, 2006년 봄이었던 것 같다.

기껏 3박 4일의 일정, 그나마 열 시간 가까이 비행기 속에 갇혀 있다 처음 만난 파리는… 꿀꿀했다. 출장 목적이었던 워크숍은 어이없도록 부실했다. 이걸 들으러 콜록대는 아이를 두고 열 시간이나 날아왔다니, 화가 날 지경이었다. 날이라도 좋으면 밤거리에 나가 고흐의 〈밤의 카페 테라스(café terrace at night)〉라도 재현해보련만, 당시 날씨는 우울한 빗자락과 찬바람이 송곳처럼 머릿속을 뚫고 들어오는 통에 호텔 문조차 나설 수 없는 상태였다. 아, 지지리 운도 없지. 파리고 개뿔이고 날씨가 이래서는 우울하기만 했다. 게다가 질보다 양이라는 듯 쉬는 시간도 없이 진행된 워크숍을 끝내고 나니 지병인 담이 도졌다. 허리 아래부터 목 끝까지 쇠기둥이라도 박힌 듯 고개를 옆으로 조금만 돌리려 해도 악! 소리가 났다. 오후 내내 고통에 시달리다 간호사 출신 동료의 도움으로 밤늦게 진통 소염제를 구했다. 다량의 진통제와 뜨거운 목욕으로 몸을 간신히 풀어놓고 나니 이제 기력이 다하여 기절하듯 잠이 들었다.

아침에 일어나 보니 다행히도 생각보다 몸이 가뿐했다. 이제 비행기 시간까지 딱 반나절밖에 남지 않았는데, 내 돈 주고 또 언제 여기까지 오게 될까 싶어 아침 일찍 호텔을 나섰다. 여기는 파리다. 이 추운 바람을 피해 할 수 있는 일은 루브르에 가는 것이리라. 그러나 2박 3일을 봐도 모자란다는 거대 박물관을 한 네 시간 만에 돌아보려니 이건 뭐, 경보가 따로 없었다. 그 유명하다는 유리 피라미드 앞은 또 얼마나 붐비던지. 산소가 모자라는 듯 숨이 가빴던 기억이 전부다.

그런데도 그날의 외로운 점심, 윤기가 '자르르' 흐르던 붉은 갈색의 소스, 그 진한 육즙과 월계수 잎의 향은 아직도 생생하다. 아, 이 어쩔 수 없는 호모 가스트로노미쿠스 같으니라고!

파리에서의 마지막 식사가 될 것이기에 점심은 느긋하게, 제대로 된 현지 식당에서 할 요량이었다. 그래서 루브르박물관 맞은편, 관광객들이 붐비는 대로변의 레스토랑들을 지나 옆으로 슬쩍 비켜선 골목으로 들어갔다. 적당히 때가 묻어 고풍스러운 작은 레스토랑이 눈에 띄었다. 이 꽃샘추위에 실외 테라스 자리를 고집했다가는 담이 아니라 풍을 맞지 싶어 온실처럼 유리창이 거의 한쪽 벽면 전체를 차지하는 가게 안으로 들어섰다. 훈훈한 실내에 들어서니 생각보다 넓은 실내에, 식탁을 차지한 일행들이 꽤 있었다. 그 친밀해 보이는 테이블 사이에 유일한 동양 여자가, 그것도 혼자 4인용 식탁 하나를 차지하고 앉아 있자니 어찌나 뻘쭘한지. 그래도 뭐, 혼자 먹든 같이 먹든 여기까지 와 맥도널드에서 끼니를 때우는 일은 용서할 수 없었기에 메뉴판을 꿰차고 앉아 찬찬히 훑어보았다.

파리에서의 마지막 탱고, 아니 이 마지막 식사를 어떻게 즐겨야 지난 3일간의 고생을 보상받을 수 있을까? 눈에서 레이저를 뿜으며 탐독하던 메뉴판에서 '토끼고기를 곁들인 스파게티'를 포착했다. 토끼고기? 어떤 맛일까? 심지어 오늘의 추천메뉴다.

좋아! 토기고기와 스파게티라니, 이 오묘한 조합을 내가 또 어디서 먹어보리. 이거다 싶어 주문한 요리는 한눈에도 진한 풍미가 느껴졌다. 붉은빛이 강한 벽돌색 소스 밑으로는 제법 두툼한 고기가 놓여 있었고. 토끼다리였을 것이다. 뼈도 붙어 있었다. 아마도 요놈의 토끼를 뼈째 우려낸 육수를 썼겠지? 어찌나 풍미가 강한지 입 안의 침이 몽땅 삼투압 되는 듯했던 진한 소스의 맛 때문에 늘 먹던 고기들과 크게 다른 점을 느끼지는 못했다. 분명 이 녀석도 포유동물이건만, 돼지고기나 소고기보다 닭고기에 가까운 맛이었다. 쫄깃하게 씹히는 촉감, 그러면서도 질기지 않은 육질. 천천히 씹다 보니 진하다 못해 짠맛이 느껴지는 소스로도 감추지 못한, 살짝 비릿한 야생의 고기 맛이 살아 있었다. 으흠, 이것이 토끼고기로군. 괜찮은데?

스파게티는 여기서 정말이지, 돈가스 옆에 형식적으로 담겨 나오는 흰밥 같은 역할을 하고 있었다. 그럼에도 이 진한 소스와 낯선 고기 사이에서 잠깐 한숨을 내쉴 수 있는, 꼭 필요한 여백과 같은 존재였다. 전혀 친숙하지 않은 조합이었건만, 조화로웠다. 맛있었다.

그 음식을 맛있게 먹을 수 있었던 서른다섯의 나에게 지금 나는 감사한다. 당시 나는 내가 얼마나 위태로운 상황에 선 것인지 자각이 없었다. 그러나 사실 몹시 위험한 시절이었다. 지금 돌이켜보니 그렇다. 서른이 그렇다.

서른, 소처럼 일하고 노새처럼 버텨야 하는 시기. 그러면서 자신이 얼마나 힘든지, 얼마나 참고 있는지 인식할 겨를도 없는 시절. 그게 일하며 마땅히 기댈 데 없이 아이를 키우는 대부분 여자들이 거치는 30대다. 30대의 나를 동정한다. 애처롭게 바라본다. '많이 힘들었지? 이제, 괜찮아.' 아무도 해주지 않던 위로를 나에게 건네어본다. 지금 그때의 나처럼 위태롭게 30대를 질주하는 수많은 그녀들에게 똑같은 위로를 전하고 싶다. 어깨동무를 하고 같이 그 고단한 퇴근길을 걸어주고 싶다.

그 시절에는 이것도 몰랐지만 '나 아직 괜찮구나.' 하는 것을 확인하는 나만의 방법은 딱 하나였다. 음식을 앞에 두고 미각과 후각과 식욕이 제대로 작동하는지 보는 것이다.

모든 음식의 맛이 혀에 밀가루 코팅이라도 한 듯 둔하게 다가온다거나 비강을 쏜살같이 통과해 뇌를 '푹' 하고 찌르듯 다가오는 냄새가 코 앞에서 멈춘 듯 제대로 느껴지지 않는다면, 이건 비상사태다. 더군다나 종류가 뭐든 국수를 앞에 놓고도 먹고 싶지 않다면 이미 상황이 너무 와버린 것이다. 마흔이 넘은 나는 이제 간신히 내 몸의 위험신호 하나를 해독할 능력을 갖췄다. 식욕의 든든한 동지, 후각과 미각은 내 최후의 보루다. 침샘과 세포를 자극하는 음식이 있는 한 내 몸과 맘의 안전장치는 아직 무사한 것이다.

고된 워크숍을 끝내고 모처럼 파리의 분위기 좋은 레스토랑에 앉아 다 같이 회포를 푸는 만찬에서도, 동료들과 대화를 즐기기는커녕 오로지 보모의 손에 맡겨둔 내 어린 아들과 함께 있지 않은 자신에 대해 죄

의식을 곱씹고 있던 당시를 기억한다. 고장 난 태엽시계처럼, 같은 자리를 벗어나지 못하고 허무한 발길질만 해대는 초침처럼 나의 사고는 일과 아이 사이에 존재하는 휑하기 짝이 없는 깊은 골, 그 자리에서 한 발짝도 벗어나지 못했다. 나를 살려야 아이든 일이든 같이 나아갈 수 있음을 그때는 몰랐다. 무너지기 직전이었다.

비릿한 토끼고기의 쫄깃함, 허브와 소스로 간신히 덮어둔 야생의 냄새, 그 옆에 들러리처럼 초라하게 곁들여진, 그럼에도 요리의 중심을 잡던 스파게티. 출장 내내, 사실은 그 계절 내내 몸살을 앓으며 맛을 제대로 느끼지 못하던 나는 이 낯선 음식을 만나 처음으로 식욕을 느꼈다. 서른다섯의 봄, 긴 겨울의 끝을 붙잡고 마지막 기승을 부리던 꽃샘추위처럼 몸과 마음을 끌어내리던 고단한 우울이 조금씩 옅어지기 시작한 것도 그 무렵이었던 것 같다. 설마 토끼고기, 스파게티가 만병통치약은 아니었겠지. 그래도 뭐, 좋다. 다시 한 번 맛볼 수 있다면, 이번엔 남편과 함께이고 싶다. 아마도 나만큼 힘들게 그 시절을 통과했을 나의 애처로운 동지와 그 찰진 토끼다리를 알차게 씹어보리라.

반드시 한여름 밤, 냉잔치국수

냉잔치국수가 도착한 순간 내 머릿속에는 성시경의 <넌 감동이었어>가 울려 퍼졌다. 소복이 올려 담은 면발 위에 살포시 얹은 색색의 고명, 슬러시처럼 얼린 차가운 육수는 보는 것만으로도 주변 온도를 섭씨 5도쯤 낮추는 것 같았다. 파랗게 데친 부추와 채 썬 오이, 하얀 달걀지단과 노란 단무지, 주황색 당근의 고명은 색의 조화를 이룰 뿐 아니라 국숫발의 굵기와 비슷할 만큼 가늘게 채 썰어져 있어 면발과 함께 무리 없이 씹히고 넘어가면서 황홀한 식감을 맛보게 해주었다.

냉잔치국수를 처음 만난 것은 어느 '집'에서였다. 정확히 언제, 누구 집이었는지 기억은 안 나지만, 한참 더운 여름에 놀러 간 그 집에서 내온 점심상에 국수가 있었다. 소면을 삶아 멸치 국물을 붓고 간장양념을 얹은, 집에서 먹는 잔치국수의 찬 버전이었다. 얼음이 동동 떠 있으니 당연히 여름음식이었는데, 그때까지 멸치 국물이란 당연히 따끈하게 먹는 것이라고만 생각했기에 건방지게도 나는 속으로 '제대로 된 국수는 아닌 듯하다'고 자체 결론을 내렸다. 맛은? 살짝 비릿한 멸치 육수와 조선간장을 써서 시골스러운 양념 간이 두드러진, 그저 차가운 게 미덕인 투박한 국수였다.

그런데 찜통같이 더운 날이면 그 '돼먹지 않게' 찬 국수가 묘하게 생각났다. 딱히 맛이 있었던 것 같지도 않은데…. 질 좋은 쇠고기와 돼지고기, 닭고기 육수나 동치미의 황금비율로 배합된 냉면 육수의 차가운 우아함과는 확연히 대조를 이루는 그 투박한 맛. 왠지 시장통 가판에 서서 허겁지겁 먹어야만 어울릴 것 같은, 멸치의 비릿함이 살아 있는 찬 육수와 대충 삶아 헹군 듯 무심한 소면이 먹고 싶어지는 것이다. 그래서 '어디 차가운 잔치국수를 파는 집이 없나…' 하고 국숫집에 가면 메뉴를 유심히 보게 되었다. 그러나 서울 시내 국숫집에서는 냉잔치국수를 만나지 못했다. 아무래도 그 집에서만 해먹는 음식이었나 보다고 생각한 나는 기억에 의존해 냉잔치국수를 해 먹기로 마음먹었다.

먼저 들통 같은 거대한 냄비에 멸치와 무, 파, 마늘과 양파를 양껏 넣고 팔팔 끓여 육수를 우려낸 후 어느 정도 식혀 유리병에 담고 냉장고에 차갑게 보관했다. 속이 얼얼해지도록 차가운 국물이 포인트이므로 육수를 만든 그날에 바로 먹을 수 없다는 게 아쉽긴 하지만, 이렇게 찬 육수만 미리 만들어두면 의외로 어느 때고 쉽게 만들어 먹을 수 있는 게 장점이다. 양념장도 내 취향대로 미리 만들어둔 것을 국수만 삶아 헹군 후 찬 육수와 함께 끼얹으면 완성이니까. 맛은… 역시나 소박하다. 어차피나 혼자 먹자는 건데 달걀지단 따위의 귀찮은 고명은 다 생략. 오로지 잘게 썬 김치와 김을 부숴 넣고 양념장을 넣은 정도만으로도 먹을 만했다. 여름국수의 대표주자 냉면이나 열무냉국수의 확실한 존재감과는 비교할 수 없지만, 집에서 손쉽게 만들어 먹을 수 있다는 큰 장점 때문에 냉잔치국수는 우리 집의 여름철 단골 메뉴가 되었다. 그러면서 차가운 잔치국수는 '외식 메뉴가 되기에는 2퍼센트쯤 모자라는 집국수'라고 나름 정의를 내렸다.

이렇게 살짝 모자란 녀석(이라고 내가 정의한), 냉잔치국수를 버젓한 메뉴로 만나게 된 것은 정말 우연한 기회였다. 회사를 그만두고 남편 직장을 따라 부산으로 이사 온 지 얼마 안 됐을 때다. 갑자기 일을 그만두고 아는 이도 없는 외지에 가 있으면 우울증에 걸릴지 모른다며 나를 걱정하던 친구 녀석이 등을 떠밀다시피 해 강좌에 함께 등록을 하게 됐다. 덕택에 한 달에 한 번, 수업을 듣는다는 핑계로 친구도 만날 겸 서울에 올라갈 수 있었다. 급우들은 20대에서 50대까지 연령대가 다양했는데, 같은 취향과 목적을 공유한 사람들이어서 그런지 불과 2~3회 차 수업만에 다들 꽤나 친해졌다. 이에 가까운 서울 교외로 계획되어 있던 워크숍을 동기 여섯 명과 선생님이 함께 작당하여 '한여름의 부산바캉스'로

급변경하게 됐다. 부산 현지민인 내가 확실한 정보력으로 편의를 제공하리라는 기대가 있었겠지만, 그때 나는 부산 시민이 된 지 불과 2개월 차, 게다가 장롱면허 10년 차에 타고난 길치인지라 오히려 부산에 놀러 온 적이 몇 번 있다는 다른 일행들을 쫓아다녀야 할 형편이었다. 하지만 그런 건 뭐, 미리 말해 뭐하리. 이렇게 무책임한 나의 자세에 걸맞게 워크숍은 내내 즉흥과 우연의 여정으로 나아가게 되었다.

경치 좋은 바닷가 콘도에 도착한 무리들은 일단, 본연의 목적에 충실하여 오전부터 한나절 내내 발표에 토론에 열을 올리며 워크숍을 진행했다. 그러나 진정한 배움은 공식 일정이 끝나야 시작되는 법. 부산까지 온 이상 무조건 바닷가에서 곰장어를 먹으며 인생을 논해야 한다는 선생님의 강력한 주장에 따라 길도 모르는 일당들이 무조건 택시를 타고 기장의 한 포구로 향했다. 택시 두 대에 나눠 타고 도착한 그곳은 작은 어선들이 몇 개 정박해 있는 대변항의 끝자락이었다. 손만 뻗으면 물 밑 미역이라도 건져 올릴 수 있을 만큼 바닷가에 바짝 붙어 쳐놓은 거대한 텐트 촌에서는 매캐한 숯불 연기와 고소한 장어냄새가 흘러나오고 있었다.

'아싸 가오리!' 아니, "아싸 '꼼장어'!"를 외치며 우리 일행도 장판 위에 자리를 잡고 숯불 화덕 위에 곰장어를 올렸다. 평소 장어류를 즐기지 않지만 시원한 바닷바람이 솔솔 불어오는 야외에서 맘 맞는 사람들과 함께하니 흥이 나지 않을 수 없었다. 게다가 포장마차에서 양념에 뒤범벅된 초라한 곰장어 맛만 봤던 사람들에게 산지에서 소금만 솔솔 뿌려

숯불에 바로 굽는 곰장어 맛은 그야말로 신세계였다.

"야야, 곰장어가 이렇게 맛있는 거였어?"

"아니, 소주는 또 언제부터 이렇게 달았어?"

화생방 훈련에 버금갈 만큼 피어오르는 연기에 눈물을 질질 흘리면서도 부어라 마셔라 하다 보니 곰장어 8인분과 소주 열댓 병이 호로록~ 사라졌다. 흡족한 맘으로 배를 두들기고 있으니 상을 치우러 온 줄 알았던 주인이 "무슨 국수로 하실랍니꺼?" 하고 묻는다. 국수? 어, 그러고 보니 텐트촌 옆 초라한 슬레이트 지붕 구멍가게에 서 있던 특이한 간판 하나가 생각났다. 반투명한 우윳빛 드럼통에 전구를 넣고 앞뒷면에 힘찬 페인트 글씨로 '국수'라고 써둔 간판이었다. 1960~70년대 변두리서나 볼 듯한 입간판이 재미있어서 이런 가게에서는 대체 어떤 국수를 파나 궁금하던 차였다.

배는 불렀지만 호기심에 메뉴를 들여다보았다. 앗, 그런데 그곳에 나만의 집국수인 냉잔치국수가 떡하니 써 있는 것 아닌가. 어딘가 심상치 않게 꼬질꼬질한 가게의 외양, 그리고 이런 구석진 곳에서 곰장어촌과 콜라보레이션까지 하는 마케팅 솜씨로 볼 때 내공이 만만치 않은 국숫집일 거라는 예감이 밀려왔다. 순간 음식점에 관한 한 부채도사 저리 가라 싶게 촉이 좋은 선생님과 눈이 마주쳤다. 이거다! 먹어봐야 해. '곰장어 먹고 국수? 아니 여기에 무슨 국수를 더?' 하면서도 기계적으로 메뉴를 고르던 일행에게 나는 '전원 일단 동작 그만!'을 외쳤다.

"다 필요 없고 지금 이 자리에는 냉잔치국수를 강추합니다, 여러분!"

서울 촌놈들로 구성된 무리는 '그게 뭔데?' 하면서도 부산 온 지 기껏 두 달째인 나를 현지전문가로 인정하며 군말 없이 메뉴를 통일했다. 사실 숯불에 잔뜩 그을리고 땀에 범벅이 된 터라 '얼음 냉' 자가 붙은 거라면 뭐라도 시킬 기세이기는 했다.

그리고 곧 냉잔치국수가 도착한 순간 내 머릿속에는 성시경의 〈넌 감동이었어〉가 가득히 울려 퍼졌다. 소복이 올려 담은 면발 위에 살포시 얹은 색색의 고명, 슬러시처럼 얼린 차가운 육수는 보는 것만으로도 주변 온도를 섭씨 5도쯤 낮추는 것 같았다. 파랗게 데친 부추와 채 썬 오이, 하얀 달걀지단과 노란 단무지, 주황색 당근의 고명은 색의 조화를 이루고 있을 뿐 아니라 거의 국숫발의 굵기와 비슷할 만큼 가늘게 채 썰어져 있어 면발과 함께 입 안에서 무리 없이 씹히고 넘어가면서 황홀한 식감을 맛보게 해주었다. 또 기장 하면 곰장어라지만 그보다 더 유명한 게 기장 멸치 아닌가. 그 맛나다는 기장 멸치를 듬뿍 써서 우려낸 육수를 슬러시처럼 얼려내는 디테일까지! 온도가 달라졌다는 이유만으로 멸치 육수가 이렇게 다른 차원의 시원함을 보여줄 수 있다는 걸 처음 알았다. 방금 전까지 숯불 곰장어의 맛에 푹 빠졌던 일행 역시 어느새 우린 이 국수를 맛보러 포구에 왔던 거라며 호들갑을 떨었다.

신나게 국수를 들이키며 다시 수다를 꽃피우다 보니 어느새 자정이 넘었다. 이제 숙소로 '고고씽' 하려는데, 차편을 마련해놓지 않았다는 사실이 떠올랐다. 호기롭게 시내에서 택시를 대절해 들어온 것은 좋았으나 나갈 때는 얘기가 달랐다. 숲으로 난 국도로 들어와야만 하는 이 포구마을에 택시가 지나다닐리 없고, 콜택시조차 이 구석까지 들어올 차가 없다며 난색을 표했다. 유일한 대중교통수단인 버스는 한 시간 전에 이미 끊겼단다. 그런데도 일행은 뭔가에 홀린 듯 대책 없이 즐겁기만 했다. 달빛은 교교하고, 뱃속은 든든하고, 머리는 얼큰한 게, 알코올의 은혜로 충만한 밤이었다. 결국은 장어집에 손님으로 온 택시기사에게 사정하여 일부가 차를 얻어 타고 시내로 나가 거기서 다시 택시를 잡아 나머지 일행을 구출하러 오는 해프닝 끝에 모두 무사히 그 마법의 곰장어마을을 빠져나올 수 있었다.

몇 달 뒤, 식구들과 드라이브 중 그 곰장어촌 인근을 지나게 되어 포구 쪽으로 들어가 보았다. 그런데 이게 웬일, 그 거대한 텐트촌이 눈을 씻고 찾아봐도 없는 게 아닌가. 으잉? 날이 추워져 장사를 안 하나? 그런데 옆에 있어야 할 드럼통 간판 국숫집도 자취가 없다. '아무래도 여기가 아닌가 봐.' 길치인 내 탓이려니 하며 그 뒤로도 근처 기장시장에 생선을 사러 갈 때나 가까운 해변에 놀러갈 일이 있을 때마다 들러봤지만 그 텐트촌과 국숫집을 아직도 찾지 못하고 있다.

다시 한여름, 달빛이 교교한 밤에 가면 홀연히 모습을 드러내려나? 한여름 밤의 꿈처럼 신비했던 곰장어와 냉잔치국수의 추억이여!

논개의 기품, 기방의 화려함, 진주냉면

진주냉면은 양반들이 기생들과 선주후면(先酒後麵) 하는 습관에 따라 호화로운 술판 뒤에 입가심으로 먹던 고급 야참이었다. 도포 자락 휘날리는 고관대작들과 비단 치마 휘감은 꽃 같은 기생들의 연회에 마지막으로 등장하는 냉면 한 그릇. 아, 오늘 나는 수백 년을 살아남은 예술을 맛보았구나.

그날 진주에 들른 것은 오로지 점심을 먹기 위해서였다. 모처럼 맘먹고 떠난 3박 4일의 남도여행을 마치고 서울로 돌아가던 길이었다. 그악스럽도록 춥고 길었던 그해 겨울이 끝나갈 무렵, 남해의 때 이른 봄 햇살을 누리고자 떠난 여행이었다. 아직 충충한 겨울 잔설이 여기저기 남아 있는 서울을 벗어나 지냈던 사흘이 어찌나 나른하고 훈훈하던지, 집으로 돌아가는 시간을 최대한 늦추고 싶었다. 진주에는 그래서 들렀다. 일단 맛있는 밥이라도 먹어야 덜 억울할 것 같아서. 진주가 먹을 것도 볼 것도 많은 곳이라는 자랑을 진주 출신의 상사, 후배, 동기들이 포진한 직장에서 자주 들어온 터였다.

"거기까지 갔어? 그럼 진주냉면 한 번 먹어봐."

진주에서 나고 자란 동료가 보내준 문자에는 원조 집이라는 가게의 이름까지 적혀 있었다. 그렇담 가봐야겠지! 아직도 칼바람이 매서운 날씨, 냉면을 먹으러 가자는 제안에 모태면식의 축복을 타고난 두 아들은 군말 없이 따랐고, 남편은 툴툴대면서도 기사 노릇을 해주었다. 어렵지 않게 찾아간 식당은 계절 탓인지 한산했고, 메뉴에 온면과 육전이 있어서 감기 기운이 있던 남편까지 불만 없이 음식을 주문했다.

10여 분이 지났을까? 따끈한 육전이 먼저 나왔다. 면식만큼이나 육식에도 열을 올리는 나로서는 그냥 아무 양념 없이 굽기만 해도 맛있는 쇠고기로 왜 굳이 전을 만드나 싶긴 했지만, 그놈의 호기심을 이길 수가 없어 주문한 것이었다. 어쨌든 서울에서는 본 적 없는 음식이니까.

설명하자면 육전은 야들야들 얄팍하고 넓적하게 저며낸 쇠고기에 계란물을 입혀 기름을 넉넉히 두르고 부쳐낸 고기부침개다. 그렇다, 그냥 계란옷만 입혔을 뿐인데 어떻게 노린내는 간 데 없이 이토록 고소한 냄새가 날까? 어떻게 이리 기품 있는 맛이 날까? 신기해하며 게 눈 감추듯 한 접시를 해치웠다.

그리고 드디어 본 경기! 육전 한 접시를 비우자마자 물냉면과 비빔냉면, 온면이 나왔다. 고풍스러운 놋쇠 그릇에 담긴 냉면과 비빔냉면은 한복을 곱게 차려입은 여인처럼 화려하면서도 정갈한 모양새였다. 메밀과 고구마 전분을 섞었다는 면발 위에 곱게 채 썬 배, 배추김치, 무, 오이, 달걀지단과 파, 실고추, 채 썬 육전, 달걀 반쪽이 올라가 있는 것이 꽤나 호사스러운 국수다. 여기에 물냉면에는 일반적인 평양냉면보다 훨씬 진한 색감의 육수를 썼고, 비빔냉면에는 입술연지처럼 빛 고운 양념장에 까만 김까지 올라와 있어 다채로운 색감이 더욱 돋보였다. 슴슴하고 담백한 맛이 매력인 평양냉면의 육수라면 이렇게 다양하고 강한 맛의 고명을 감당하지 못해 밸런스가 무너졌을 것이다. 그러나 진주냉면의 육수 맛은 평양냉면의 그것보다 훨씬 진하고 독특한 깊이가 있어서 육전이나 배추김치 같은 고명과도 무리 없이 어울렸다. 대체 육수에는 또 무슨 짓을 한 거지?

알고 보니 진주냉면은 소고기 육수에 동치미를 섞는 평양냉면과는 태생부터 달랐다. 남해의 자랑 죽방멸치와 디포리, 바지락, 건홍합, 건황태, 문어, 표고버섯 등을 죄다 넣고 우려낸 다음, 달군 쇠를 써서 비린내를 없애고 보름 동안 숙성시켜 만든 해물 육수를 쓴단다. 비빔냉면 또한 진주비빔밥의 오랜 명성을 간직한 지역답게 눈과 혀를 모두 사로잡는 궁극의 비빔국수라 할 만했다. 품격 있는 맛과 조화로운 모양새를 더하니 함흥회냉면보다 오히려 윗길이 아닌가 하는 생각도 들었다.

그간 냉면 꽤나 먹어본 자를 자처해왔으나 진주냉면의 맛은 예상치 못한 신세계였다. 대한민국의 모든 음식이 몰려 있다는 서울에서 왜 이런 어마어마한 냉면을 만나지 못했던 걸까? 아직 면식수행이 부족한 탓인가? 사실 답은 간단했다. 진주냉면은 진주를 벗어난 적이 없다. 몇 년 전 원조 진주냉면집의 자녀들이 분가해 사천과 부산에도 가게가 하나씩 생겼다는데, 그래 봤자 경남 지역 극히 일부에서나 맛볼 수 있는 향토음식이었던 것이다.

진주냉면은 본디 평양냉면과 함께 조선 최고의 냉면으로 꼽히는 명물이었다. 북한에서 발행된 《조선의 민족 전통》(1994)에도 "냉면 중 제일로 여기는 것은 평양냉면과 진주냉면"이라고 기술되어 있다. 또한 조선시대 연중행사와 풍속을 세세히 기술한 《동국세시기》(1849)에 등장할 정도로 유서 깊은 음식이 진주냉면이다.(《두산백과사전》)

이렇게 평양냉면과 진주냉면이 조선 최고 일미로 발전하게 된 것은 북 평양기생, 남 진주기생이라 칭할 정도로 이 지역이 조선시대 교방문화의 중심지였다는 사실과 밀접한 연관이 있다.

예로부터 지리산의 풍부한 농산물과 남해의 신선한 해산물이 모이는 요충지였던 진주에서는 향락의 끝을 달리는 교방문화와 육해공을 망라하는 풍성한 식자재가 만나 조선시대 식문화의 정수라 할 교방음식이 특히 발달했다. 진주냉면은 교방음식 중에서도 양반들이 기생들과 선주후면(先酒後麵)하는 습관에 따라 호화로운 술판 뒤에 입가심으로 먹던 고급 야참이었다. 조선 후기에 그 전성기를 맞았던 교방문화는 일제의 침략과 함께 교방청이 폐쇄되면서 쇠락하고 말았다. 그러니까 진주냉면은 지금은 맥이 끊긴 교방음식의 전통에서 운 좋게 살아남은 문화유산인 셈이다. 도포 자락 휘날리는 고관대작들과 비단 치마 휘감은 꽃 같은 기생들의 연회에 마지막으로 등장하는 냉면 한 그릇. 아, 오늘 나는 수백 년을 살아남은 예술을 맛보았구나.

아무리 실내가 따뜻하다지만 차가운 냉면을 마지막 국물 한 방울까지 마시고 나니 몸이 덜덜 떨렸다. 그래도 진주까지 왔는데 촉석루에는 한 번 올라봐야지 싶어 코트를 여미고 진주성으로 향했다. 유유히 흐르는 강을 끼고 널찍하고 양지바른 터에 자리 잡은 진주성은 나처럼 눈썰미 없는 사람이 보아도 절로 감탄이 날 만큼 풍광이 좋고, 기운도 좋았다. 굽이진 데 없이 완만한 곡선을 그리는 물길이 굳건하게 선 성곽을 감싸며 은거울처럼 반짝였다. 볼 것 없는 겨울에 보아도 이리 훤하고 밝고 따뜻한 기운이 감도는 명당이니 꽃피는 계절이면 그 흥취가 오죽하랴. 이곳에서 예술과 향락의 교방문화가 발달했다는 사실이 절로 이해됐다.

먹여놓고 풀어놓으니 강아지처럼 뛰어다니는 아이들을 쫓아 성 안 언덕길을 오르다 조그만 사당과 마주쳤다. 이 작은 사당은 1593년 진주성을 함락시킨 왜적이 승전 후 벌인 연회에서 왜장의 목을 끌어안고 투신한 의기, 논개의 영을 기리는 곳이었다. 이 비장한 여인을 그린 초상을 오래도록 바라보았다. 이토록 아름다운 여인을 본 적이 있나 싶을 정도로 서늘한 기품을 지닌 미인이었다. 아름다워서 서글픈 여인의 초상과 그 옛날 그녀를 품고 흘러갔던 강물이 가슴으로 흘러들었다.

아, 이곳은 이렇게 짧게 머물다 갈 곳이 아니구나. 10여 분 만에 사당 문을 나서며 왠지 미안한 마음이 들었다. 다시 와야겠다. 서울로 올라가는 길 내내 그녀의 서글프도록 고운 얼굴이 떠올랐다. 꽃 피고 새 우는 따뜻한 계절에 꼭 당신을 만나러 오리라. 그리고 그 무심하고 따뜻한 강이 내다보이는 곳에서 하룻밤을 보내야겠다.

아이들의 소울푸드, 볼로네즈 스파게티

기억이 가능한 순간부터 엄마의 스파게티를 먹어왔던 나의 아이들에
게 스파게티는 더 이상 이국의 음식이 아닌, 떡볶이처럼 친숙한 소울푸
드일지 모른다. 세월은 흐르고, 아이들은 자라고, 메뉴는 바뀌지만 소
울푸드의 주인공은 변하지 않는다. 그것은 엄마의 손맛, 가족만이 공
유하는 추억이다.

만기된 적금 통장 하나를 통째로 투자하여 네 식구가 11박 12일의 스
페인 일주 여행을 떠난 적이 있다. 열하루 동안 한니발 가문의 옛 영토
이자 건축가 가우디의 도시인 바르셀로나에서 시작하여 플라멩코의 도
시 세비야, 알람브라궁전이 있는 그라나다, 옛 이슬람의 영광이 살아 있
는 코르도바를 거쳐 스페인의 현재 수도인 마드리드, 옛 수도인 톨레도

를 지나 아빌라와 세고비아를 아우르는 어마어마한 일정을 버스로 달리면서 내다본 스페인의 풍경은 뜨겁고 건조한 황무지였다. 그 황무지들을 건너 오아시스처럼 존재하는 예스럽고도 모던한 도시들은 하나같이 강렬한 태양의 존재감을 뿜내는 음식들을 내놨다.

신선한 돼지고기의 쫄깃한 질감과 뜨거운 땡볕의 엑기스 같은 소금 맛이 일품인 베이컨과 하몽, 그 거칠고도 깊은 맛에 어울리는 담백한 빵, 그리고 역시나 강렬한 햇볕을 머금어 단맛이 몇 배나 증폭된 과일까지. 고기를 좋아하는 막내나 과일을 좋아하는 첫째 녀석 모두가 만족하는 식사였다. 그렇게 온 식구가 아침·점심·저녁으로 신나게 먹어댔다. 그러나 닷새 동안 팍팍한 빵과 기름진 돼지고기 위주로 식사를 하다 보니 익숙한 음식을 먹고 싶은 욕구가 슬슬 올라오기 시작했다.

말라가 해변에서 세비야까지 다시 세 시간의 버스 여행을 시작하기 전, 음료 광고 속 배경 같은 언덕 위의 하얀 집이 가득한 마을 미하스에서 드디어 자유롭게 식사를 할 수 있는 시간이 주어졌다. 문제는 그 시간이 딱 30분이었다는 것. 이 기회를 놓치면 세 시간 동안 논스톱으로 달릴 버스 안에서 과자 나부랭이로 허기를 달래야 한다!

버스 정차지에서 가장 가까운 식당으로 달려 들어가 메뉴를 펼쳐놓고 파스타 섹션이 있는지부터 살폈다. 이거다! 다행히 스페인어로도 스파게티는 스파게티였다. 아이들은 다진 쇠고기를 넣은 토마토소스로 버무린 볼로네즈 스파게티, 나와 남편은 어디선가 들어본 듯한 라타투이 스파게티를 시켰다(라타투이는 프랑스 프로방스 지역의 전통적인 채소 스튜다).

그런데 10분이면 충분하다던 스파게티는 20분이 지나도록 나오지 않았다. 먹는 시간과 버스로 뛰는 시간을 어떻게 배분해야 할지 머리를 굴리고 있는데, 딱 7분을 앞두고 음식이 우리 앞에 당도했다.

입맛을 돋우는 붉은 윤기의 토마토소스에 다진 소고기의 거친 질감이 먹음직한 볼로네즈 스파게티는 이런 젠장, 양이 딱 애들 주먹만 했다. 호로록! 먹성 좋은 막내의 포크질 몇 번에 허무하게 비어버린 접시를 노려보며 어쩔 수 없이 나의 라타투이 스파게티 접시를 밀어주었다. 라타투이 스파게티는 단순 소박한 볶은 채소 스파게티였다. 하여튼 이 맛나지만 분통 터지게 적은 양의 스파게티를 먹는데 총 3분이 걸렸고, 동양인 가족의 어마어마한 스피드에 놀란 현지인들의 경탄을 뒤로 한 채 우리는 여유롭게 일행에 합류할 수 있었다.

짧지 않은 여행 기간 동안 스페인의 대표 음식이라 할 만한 것들을 이 것저것 맛보았고 감동받았지만, 타협할 줄 모르는 아이들의 입맛은 그 짧은 3분 식사 스파게티만을 아쉬움으로 기억했다. 집으로 돌아와 녀석들의 열화와 같은 요청에 의해 내가 제일 먼저 만들어야 했던 저녁은 병조림 토마토소스에 다진 쇠고기를 볶아 넣어 급조한 볼로네즈 스파게티였다.

우리 집 저녁상에 스파게티가 등장하는 빈도는 오므라이스 또는 김치

볶음밥의 빈도와 비슷하다. 즉 된장찌개와 생선, 김치찌개와 계란찜, 된장국과 불고기 순으로 돌아가는 고정 레퍼토리에 싫증 난 아이들을 위한 특식 요리이자 냉장고에 남은 채소를 싹쓸이하는 자투리 처리용 요리로 기능한다는 이야기다. 양파, 피망, 파프리카, 종류가 뭐든 남아 있는 버섯이 기본 재료다. 여기에 쇠고기 간 것이 있으면 어물쩍 볼로네즈 스파게티가 되고, 냉동새우가 있으면 해산물 스파게티가 된다. 토마토를 갈고 거르고 볶고 해서 소스를 직접 만들 정성은 타고나지 못했지만 집 앞 슈퍼에서 확보할 수 있는 기성품 스파게티 소스도 충분히 훌륭하다. 면 삶고 채소랑 고기 볶아 소스 부어 덥히기만 하면 끝! 생각해보면 라면과 별 차이도 없는 단순한 음식이건만 그래도 아이들은 이토록 간단한 요리를 엄마만의 특별 요리로 알고 먹어준다. 잠깐, 그런데 언제부터 스파게티가 우리 집 고정 메뉴가 되었지? 불과 10여 년 전만 해도 남편과 내가 맘먹고 데이트할 때나 맛보던 메뉴였건만.

스파게티에 대한 내 최초의 기억은 이렇다. 30여 년 전, 그러니까 내가 막 중학교에 입학했을 무렵에 부모님이 새로운 사업을 시작했다. 당시 나름 핫플레이스였던 대학로에 레스토랑을 열기로 한 건데, 듣도 보도 못한 음식을 낸다고 했다. 지금은 이 땅의 초등학생들이 가장 사랑하는 메뉴 톱3에 빠지지 않고 등장한다는 '피자'였다. 당시 서울 시내에서 피자를 내는 곳은 특급호텔들을 제외하고 대학로의 '오감도', 이태원의 '피자헛' 1호점뿐이었다. 북한산 자락에 자리한 서울의 오지, 강북의 끝

수유리를 벗어나본 적 없는 내 주변에 이 음식을 먹어봤다는 사람은 우리 부모님밖에 없었던 것 같다.

가족의 운명이 걸린 이 가게 메뉴에는 피자만큼이나 낯선 스파게티도 있었다. 주방장이 직접 끓여 만든 토마토소스에 볶은 햄, 양파, 피망을 넣고 치즈를 얹어 오븐에서 한 번 더 구워낸 것이었는데, 포크를 꽂으면 뜨거운 김이 훅 올라오면서 면발을 감아 올릴 때 눅진하게 감겨 올라오는 치즈가 당시로서는 꽤나 이국적이고 먹음직해 보였다.

이야기가 옆으로 샜지만, 적어도 내 또래들이 최초로 스파게티를 접한 것은 88올림픽 이후 급속도로 늘어난 피자집의 사이드 메뉴로서가 아니었나 싶다. 1980년대 중반까지 스파게티는 주로 돈가스에 오므라이스, 비후가스 등을 팔던 소위 경양식집, 아니면 호텔 레스토랑에서나 맛볼 수 있는 서양요리였다는 것이 아버지의 증언이다.

원래 건축 일을 하면서 초창기 특급호텔들의 일을 주로 맡았던 아버지는 1970년대부터 본격적으로 시작된 외식산업에 대해 보고 들은 바가 적지 않았다. 아마도 한국에 스파게티라는 음식이 처음 소개된 것은 (전란 이후 들어온 서양음식이 대부분 그랬듯이) 미군 부대에서 흘러나온 깡통 버전이었을 것이라며, 아버지가 처음 맛본 스파게티도 남대문에서 구해온 시레이션(C-ration)에 든 미트볼 스파게티였다고 한다. 1970년대만 해도 외국 유학을 다녀온 요리사는 거의 전무하였고, 대부분 미군 부대에서 요리를 시작한 사람들이 호텔이나 경양식집 주방을 맡았던 때라 스파게티든 피자든 기름진 미국 스타일이 주류였다고. 지금처럼 정통 이탈리아식을 표방하며 다양한 파스타를 전문으로 취급하는 가게가 들어서기 시작한 것은 1990년대에 들어서다.

곰곰이 생각해보니 나 역시 사회 초년병 시절, 회사 앞에 있던 '뽀모도로'라는 파스타집에서 토마토소스 스파게티와 크림소스 스파게티라는 단조로운 메뉴에서 벗어나 '가지를 얹은 펜네'같이 뭔가 있어 보이는 이탈리아식 파스타를 처음 맛봤던 것 같다. 그게 1998년도였다. 1997년 광화문에 오픈하여 지금까지도 건재한 이 가게는, 아버지와도 인연이 있었던 앰배서더호텔의 주방장 출신 오너가 세운 최초의 이탈리아식 파스타 전문점이었다. 지금이야 동네마다 하나씩은 있는 게 파스타 전문점이지만 당시에는 본격적인 이탈리아식 파스타를 전면에 내세운 레스토랑으로는 이곳이 거의 유일하지 않았나 싶다.

이렇게 1990년대를 지나며 파스타는 이탈리아요리의 열풍과 함께 우리의 외식 지도에 전면 등장했다. 2000년대 들어서는 굴지의 식품 기업들이 스파게티 소스 시장에 뛰어들면서 이탈리아의 국민 국수 파스타가 드디어 우리 집 식탁에까지 진출하게 되었다.

한때 분위기 잡는 소개팅의 주력 메뉴였던 스파게티는 적어도 우리 집에서는 김치찌개만큼이나 자주 만들어 먹는 가정식으로 진화하고 있다. 기억이 가능한 순간부터 엄마의 스파게티를 먹어왔던 나의 아이들에게 스파게티는 더 이상 이국의 음식이 아닌, 떡볶이처럼 친숙한 소울푸드일지 모른다. 세월은 흐르고, 아이들은 자라고, 메뉴는 바뀌지만 소울푸드의 주인공은 변하지 않는다. 그것은 엄마의 손맛, 가족만이 공유하는 추억이다. 그러니 스페인에서 맛본 볼로네즈 스파게티보다 엄마의 대충대충 스파게티가 더 맛나다는 아이들의 칭찬이 그냥 공치사는 아니겠지? 믿어본다.

마흔, 관용의 맛, 비빔당면

중년의 초입에 만난 비빔당면. 관용과 이해의 시기로 규정짓는 이 시기, 반찬과 국수 사이에 묘하게 걸쳐 있던 당면을 국수로 인정해준다는 것이 갖는 의미. 흐흐… 함께 늙어가는 나의 친구들은 이해해주려나? 이것이어도 좋고 저것이어도 좋은 나이, 마흔의 맛인 것이다.

비빔당면은 부산에만 있는 음식이다. 국수에 있어 '정도'를 걷는 원리주의자였던 나는 당면을 국수로 치는 것이 맞는가 하는 물음에 고개를 갸우뚱했었다. 그러나 이곳에서 비빔당면을 만나 일종의 관용주의 노선을 걷게 되었다. 그런데 생각해보니 비빔당면을 만나기 한참 전에 당면을 '국수처럼' 흡입하던 지인을 알고 있었다.

두 번째 직장이던 잡지사의 선배와 입사 동기들을 불러 첫 집들이를 하던 날이었다. 신혼여행으로 한참 자리를 비운 것이 미안하기도 해서 친정엄마를 동원해 상다리가 휘어져라 음식을 차렸다. 그런데 기억에 있는 메뉴는 회와 잡채, 두 가지뿐이다. "회를 낸다고? 음, 가야지." 하며 입맛을 다시던 차 선배와 잡채를 국수 먹듯 몇 그릇씩 비워낸 이 선배 때문이다. 이때까지 잡채는 내게 그냥 반찬에 불과했다. 그런데 그녀는 본인 앞으로 잡채 한 그릇을 따로 달라고 수줍게 부탁하더니 자신의 호리호리한 몸매와 긴 생머리처럼 가늘고 반짝이는 당면 가닥을 국숫발 흡입하듯 참 맛있게도 먹어치웠다.

그러고 보니 당면은 내게 늘 집단적 체험으로 남아 있다. 비빔당면이라는 생소한 음식은 강좌를 같이 듣던 동기들, 선생님과 함께 부산에서 워크숍을 할 때 만났다. 워크숍 일정 두 번째 날, 헌책방 골목이 있는 보수동에 놀러간 우리들은 뭔가 '부산스러운' 음식 체험을 기대하며 맞은편 국제시장 골목으로 들어섰다. 그런데 아는 게 뭐 있어야지. 그냥 이 방대한 시장 골목을 헤매려나 싶었는데 오른쪽 첫 골목에 짜잔, 한눈에 봐도 연륜이 느껴지는 가게가 나타났다. 하얀 아크릴판에 자신만한 빨간색 명조체로 '깡통집, 원조비빔당면!'이라고 쓰인 간판이나 낡은 미닫이문을 열고 나오는 사장님의 풍채에서 전해오는 분위기가 범상치 않았다. 모두 이견 없이 가게 안으로 직행했다.

우선 국제시장 명물이라는 비빔당면과 유부주머니를 기본으로, 출출하지 않게 김밥 몇 줄을 추가 주문했다. 쫀득쫀득하지만 쫄면처럼 질기지 않고 굵기는 중면쯤에 해당하는 당면 면발에 일반적인 비빔면 양념보다는 좀 더 칼칼한 것이 고추장보다 고춧가루 위주인가 싶은 담백한 '다대기', 김가루, 채 썬 어묵과 단무지, 시금치, 참깨가 뿌려져 나온 비빔당면은 비주얼부터 썩 괜찮았다. 그리고 역시 당면과 당근, 다진 고기를 넣어 채운 유부주머니가 뜨끈한 어묵국물에 담겨 나왔다.

매콤한 비빔당면은 입에 착착 감기고, 시원한 국물은 매운 혀끝을 달래기에 딱 맞았다. 자연스럽게 전원 폭풍흡입 모드로 돌입했다. 비빔당면이 그릇 바닥을 드러낼 때쯤 연예인 뺨치는 재치와 눈치와 서비스 정신으로 무장한 주인장이 "비빔당면 먹고 나면 이게 또 별미지예. 식은 국물은 붓지 마이소." 하며 뜨끈한 국물을 주전자째 들고 와 비빔당면 그릇에 부어주었다. 남은 양념과 당면, 뜨끈한 국물이 섞여 그럴싸한 온면이 되었다. 이것도 괜찮네! 우리는 남은 음식까지 깨끗이 비우고, 6인 식사에 2만 원이 조금 넘는 겸손한 가격으로 만족스럽게 배를 채운 후 식당을 나섰다.

잡채와 뚝배기불고기 등에 넣어 반찬으로나 먹는다고 생각했던 당면이 온전히 메인으로 나선 비빔당면을 먹으면서 당면이 버젓한 국수로 기능할 수 있다는 사실이 새로웠다. 역시 세계는 넓고 국수의 세계는 무궁무진하다. 그래, 내가 모르는 국수가 남아 있다는 사실이 기쁘고, 맛보지 못한 세계가 있다는 것에 가슴이 두근댄다. 이 낯설고도 익숙한 비빔당면의 맛. 나는 이 녀석을 성년의 사춘기에 만난 즐거운 인연들을 기억하기에 부족함 없는 국수로 인정했다.

중년의 초입에 만난 비빔당면. 관용과 이해의 시기로 규정짓는 이 시기, 반찬과 국수 사이에 묘하게 걸쳐 있던 당면을 국수로 인정해준다는 것이 갖는 의미. 흐흐… 함께 늙어가는 나의 친구들은 이해해주려나? 이것이어도 좋고 저것이어도 좋은 나이, 마흔의 맛인 것이다.

부산에서 만난 거의 모든 국수의 역사는 피난민의 역사와 궤를 같이한다. 비빔당면도 그렇다. 내가 운 좋게 비빔당면을 처음 맛본 국제시장 내 깡통시장은 실제 비빔당면의 발상지다. 이곳은 6·25 때 미군의 주둔지였고, 피난 온 이북민들이 미군부대에서 빼낸 통조림류 음식을 사고 팔면서 생계를 유지하던 곳이었다. 삶은 팍팍하고 물자는 귀한 시절, 먹거리 또한 마찬가지였다. 이북민들, 특히 함경도 출신들은 질 좋은 감자로 만든 농마국수, 즉 함흥식 냉면의 재료가 되는 쫄깃한 면발에 익숙했다. 감자나 고구마의 녹말을 주재료로 한 당면은 먹거리가 귀하던 시절에 밀국수보다 싼 가격으로 포만감을 주는 중요한 먹거리였다.(박훈하 외,《부산의 음식, 생성과 변화》)

비빔당면은 매콤한 양념과 쫄깃하고 매끄러운 면발이 잘 어우러진 비빔국수로, 손색없는 한 끼가 되어준다. 그러나 어려운 시절에 비빔당면이 인기를 얻었던 또 하나의 이유는 바로 스피드다. 당면을 익혀보면 알겠지만 어떤 국수보다 익는 속도가 빠르다. 끓는 물에서 순식간에 익은 당면을 바로 찬물에 헹궈 양념장을 얹으면 끝인 간편한 조리, 게다가 면발이 워낙 매끄럽기 때문에 씹는다기보다는 목구멍으로 그냥 미끄러져 들어가는지라 먹는 속도마저 순식간이다. 비빔당면의 장점이자 단점은 이렇게 후다닥 먹어치우게 된다는 것이다. 너무 빨리 먹다 보니 뭘 먹었는지 모르겠다는 생각도 든다. 목구멍을 통과한 당면이 위에 다 도착하기 전에 식사가 끝난다 싶을 정도다. 그러나 이렇게 빨리 조리되고 빠르게 먹을 수 있다는 점이 시장에서 밥 먹을 시간을 아껴가며 일하던 상인들에게 큰 장점이었다. 처음에는 간장양념이었다가 맵고 화끈한 걸 좋아하는 이북 사람들의 기호에 맞춰 고춧가루양념으로 진화했다. 그렇게 비빔당면은 어려운 시절 국제시장에 활기를 넣어준 먹거리로 등극했고, 지금은 관광객들이 알고 찾는 부산의 명물이 됐다.

'필요'의 다른 말은 '부족' 또는 '빈곤'이다. 물자의 부족과 빈곤이 가져온 발상의 전환! 고향의 냉면을 그리던 피난민들이 부산의 또 다른 명물 밀면을 탄생시켰듯이, 밀가루 면마저 여유 있게 먹을 수 없었던 가난한 상인들이 비빔당면을 탄생시켰다. 역시나 국수, 만만하고 적응력 강한 네 녀석 덕분에 참으로 많은 이들이 힘든 시절을 났구나. 고맙다, 고마워.

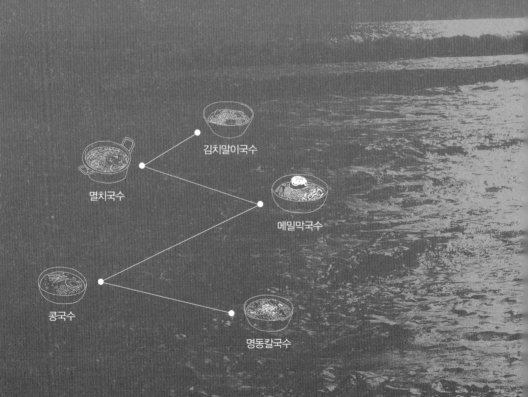

김치말이국수

멸치국수

메밀막국수

콩국수

명동칼국수

제5부

그렇게 국수는 시가 된다

잊히지 않는 기억으로 떠 있는…

삶의 모서리에 마음을 다치고
길거리에 나서면
고향 장거리 길로
소 팔고 돌아오듯
뒷모습이 허전한 사람들과
국수가 먹고 싶다

　－ 이상국, 〈국수가 먹고 싶다〉 中에서

겨울밤 아랫목, 김치말이국수

마당 가득 쌓인 눈을 헤치고 깊숙이 묻은 항아리 안, 살얼음이 낀 국물을 쩡쩡 깨뜨려 퍼 올린 동치미. 그 동치미를 끼얹은 국수와 함께 떠오르는 당신의 얼음장 같은 손. 눈발 나리는 겨울밤, 뜨거운 아랫목에서 당신의 손을 발그레한 내 뺨에 느끼며 잠들었었다. 물론, 내 몫의 국수 사발은 깨끗이 비운 뒤에. 이 세상 어디에도 없는, 나의 할머니, 당신의 김치말이국수를 맛보던 밤이면.

열 살 난 아들 녀석이 외할머니를 졸라 국수를 얻어먹은 날 밤, 시상이 떠오른다며 무려 10행에 달하는 어마어마한 시 한 편을 발표했다. 〈할머니표 김치말이국수〉라는 단순 노골 명료한 제목의 시는 이랬다.

할머니표 김치말이국수

할머니표 김치말이국수는

머리가 멍해질 정도로 맛있다

니들이 그 맛을 알아!

표를 사고 줄 서서 먹을 정도로 맛있다

김치말이국수는 할머니가 만들어야 제맛

치가 떨리게 맛있다

말 못할 정도로 딜리셔스하다

이가 썩는 줄도 모르고 먹을 수도 있다

국수 중에서도 최고다

수리수리마수리 맛의 최고가 되어라!

이런 제목으로 무려 10행이나 되는 시가 가능할 줄이야! 나는 정말 몰랐다. 그러나 그런 맛인 것이다. 긴긴 겨울밤, 할머니가 말아주는 '쩡'한 동치미 국물의 김치말이국수란. 세상 어디에도 없는 그 맛, '치가 떨리도록 맛있어서' 글씨 쓰기를 고문으로 아는 열 살 난 외손주를 시인으로 둔갑시키는 맛. 이어 녀석은 헌시를 지어 바치는 데 그치지 않고 아예 할머니에게 국숫집 동업을 제안하였다. 잘 팔릴 것이라며, 할머니는 국수를 만들고 본인은 돈을 세겠다는 야무진 포부를 펼쳐 보였다. 그런

국수인 것이다, 김치말이국수는. 하룻밤 새 해맑은 '초딩' 3학년이 시인에서 요식업계의 큰손으로까지 스펙트럼 넓은 진로를 꿈꾸게 만든 수리수리마수리 국수! 이런 요~물. 김치말이 국수, 너!

시인 백석은 국수를 사랑했다. 잘 알려져 있다시피 그는 남다른 감성과 애정을 가지고 다양한 음식을 소재로 한 '맛있는' 시를 다수 남겼다. 그중에서도 〈국수〉는 평북 정주 출신인 시인이 태생적으로 습득한 향토색 짙은 시어와 국수의 추억을 통해 북녘의 겨울을 불러내는 마술 같은 시다.

> 지붕에 마당에 우물든덩에 함박눈이 푹푹 쌓이는 어느 하루밤
>
> 아배 앞에 그 어린 아들 앞에 아배 앞에는 왕사발에 아들 앞에는 새끼
>
> 사발에 그득히 사리워 오는 것이다

'함박눈이 푹푹 쌓이는 어느 밤, 아비 앞에 그 어린 아들 앞에 왕사발과 새끼사발에 담겨오는 그것'이 김치말이국수였다고 나는 믿었다. 김치말이국수는 거의 모든 음식이 전통적인 가정식에서 외식 아이템으로 대중화되고 있는 요즘에도 아직은 제대로 상업화되지 않은 집 음식이자 혹독한 겨울을 나는 북녘의 부엌에서 가장 향토적인 손맛으로 내리물림된 음식이다. 시인 백석과 마찬가지로 평북 출신인 우리 집안에서는 삼촌에 고모까지 식구들이 모두 모인 추운 겨울밤, 그냥 넘어갈 수 없는 그런 살가운 저녁에 꼭 국수를 말았다.

할머니는 살림꾼이 아니었다. 갓 스물, 어린 남매를 이끌고 피난 온 서울에서 홀로 생계를 일구느라 제대로 살림 익힐 틈이 없었다. 그래도 딱 두 가지는 할머니의 손을 통해야만 맛이 있었다. 녹두빈대떡과 김치 말이국수.

어른 주먹만 한 크기의 두툼한 돼지비계를 번철에 턱 얹어놓고 부치기 시작하는 고소한 녹두빈대떡은 명절에야 맛볼 수 있었지만, 김치말이국수는 겨울을 나는 필수아이템 김장 김치와 마른 국수만 있으면 되는 기특한 메뉴였다. 그만큼 김치말이국수는 저 추운 북쪽 지방의 며느리라면 밥만큼 익숙하게 만드는 메뉴이고, 겨울밤 뚝딱 만들어 아버지와 아들의 겸상에 한 사발씩 넉넉히 얹어 올리는 간편식이었다.

그러나 시인 백석이 그토록 사랑한 국수, 이 차가운 국수는 실은 냉면이다. 사실 이북 사람들에게는 국수와 냉면의 구분이 없었다. 차가운 면이든 온면이든 모두 국수라 부른다. 특유의 혹독하게 춥고 긴 겨울이 만들어낸, 도저히 인공적으로는 재현할 수 없는 쩡하니 시원한 동치미 국물을 그대로 붓거나, 좀 호사를 부릴라 치면 꿩고기 육수를 내어 동치미 국물과 섞어서 막 뽑아낸 국수에 부어 내는 것이 냉면이고 찬 국수다.

냉면에는 쩡한 동치미 국물이 필수이듯 김치말이국수에는 사과처럼 아삭하게 익은 김치와 둘러 마셔도 좋을 만큼 시원한 국물을 내는 이북식 김치가 필요하다. 이 김칫국을 그대로 써도 되고, 입맛대로 동치미 국물을 섞어도 훌륭하다. 자, 그럼 막 삶은 국수를 찬물에 쫄깃 탱탱하게 씻어내어 사발에 한가득 사려 넣자. 그리고 차례 뒤에 남은 식은 빈대떡을 길쭉길쭉 썰어 넣는다. 돼지고기편육이 있으면 더욱 좋다. 역시나 두툼하게 썰어 얹은 옆으로 김치와 동치미 무를 채 썰어 올린 후 참기름을 몇 방울 끼얹어 참깨를 뿌리고 국물을 부으면 끝. 일단 한 젓가락 맛을 보면 마지막 국물 한 방울까지 들이마셔야만 그릇을 내려놓을 수 있는 마성의 김치말이국수가 완성되었다.

이제는 돌아가신 할머니를 추억하며 할머니의 손맛을 그대로 익힌 친정엄마의 김치말이국수를 맛볼 때면, 아들의 통통한 뱃속 깊은 곳에서 우러나오는 시상과 함께 나의 시인 백석의 시도 살아 춤춘다.

아, 이 반가운 것은 무엇인가
이 히수무레하고 부드럽고 수수하고 슴슴한 것은 무엇인가

이 히수무레하고 부드럽고 수수하고 슴슴한 것, 시인이 그토록 반긴 '고담하고 소박한' 그것, '조용한 마을의 의젓한 사람들과 살뜰하게 친한' 그것을, 설명하지 않아도 나는 안다.

마당 가득 쌓인 눈을 헤치고 깊숙이 묻은 항아리 안, 살얼음이 낀 국물을 쩡쩡 깨뜨려 퍼 올린 동치미. 그 동치미를 끼얹은 국수와 함께 떠오르는 당신의 얼음장 같은 손. 눈발 나리는 겨울밤, 뜨거운 아랫목에서 당신의 손을 발그레한 내 뺨에 느끼며 잠들었다. 물론, 내 몫의 국수 사

발은 깨끗이 비운 뒤에. 이 세상 어디에도 없는, 나의 할머니, 당신의 김치말이국수를 맛보던 밤이면.

눈이 많이 와서

산엣새가 벌로 나려 멕이고

눈구덩이에 토끼가 더러 빠지기도 하면

마을에는 그 무슨 반가운 것이 오는가 보다

한가한 애동들은 어둡도록 꿩사냥을 하고

가난한 엄매는 밤중에 김치가재미로 가고

마을을 구수한 즐거움에 싸서 은근하니 흥성흥성 들뜨게 하며 이것은

오는 것이다

이것은 어느 양지귀 혹은 능달 쪽 외따른 산 옆 은댕이 예데가리밭에서

하로밤 뽀오한 흰 김 속에 접시귀 소기름불이 뿌우현 부엌에

산멍에 같은 분틀을 타고 오는 것이다

이것은 아득한 옛날 한가하고 즐겁던 세월로부터

실 같은 봄비 속을 타는 듯한 여름볕 속을 지나서 들쿠레한 구시월

갈바람 속을 지나서

대대로 나며 죽으며 죽으며 나며 하는 이 마을 사람들의 으젓한 마음을

지나서 텁텁한 꿈을 지나서

지붕에 마당에 우물둔덩에 함박눈이 푹푹 쌓이는 여느 하로밤

아배 앞에 그 어린 아들 앞에 아배 앞에는 왕사발에 아들 앞에는 새끼
사발에 그득히 사리워오는 것이다
이것은 그 곰의 잔등에 업혀서 길여났다는 먼 옛적 큰마니가
또 그 집등색이에 서서 자채기를 하면 산 넘엣 마을까지 들렸다는
먼 옛적 큰아바지가 오는 것같이 오는 것이다

아, 이 반가운 것은 무엇인가
이 히수무레하고 부드럽고 수수하고 슴슴한 것은 무엇인가
겨울밤 쩡하니 익은 동티미국을 좋아하고 얼얼한 댕추가루를 좋아하고
싱싱한 산꿩의 고기를 좋아하고
그리고 담배 내음새 탄수 내음새 또 수육을 삶는 육수국 내음새 자욱한
더북한 삿방 쩔쩔 끓는 아르궅을 좋아하는 이것은 무엇인가

이 조용한 마을과 이 마을의 으젓한 사람들과 살틀하니 친한 것은 무엇
인가
이 그지없이 고담(枯淡)하고 소박(素朴)한 것은 무엇인가

– 백석, 〈국수〉

제주도 푸른 밤, 멸치국수

시간에 쫓기는 것도 아닌데 왠지 마음이 다급해지는 비주얼이랄까.
얼른 고춧가루와 쪽파가 국수와 섞이도록 대충 휘젓고 양껏 한 젓갈을
들어올렸다. 국물을 듬뿍 머금은 두툼한 면발을 양껏 들이키는데…
세상에, 멸치가 이런 맛을 내던가?

떠나요, 둘이서
모든 것 훌훌 버리고
제주도 푸른 밤, 그 별 아래

제주도라는 단어를 볼 때마다 자동플레이 모드에 돌입하는 나의 뇌
는 나른한 여름 오후를 닮은 최성원의 목소리로 〈제주도 푸른 밤〉을 들

려준다. 제주도는 내게 푸른 바다, 푸른 하늘, 푸른 밤이 아득한 여름의 섬이다. 물을 좋아하는 아이가 뒤뚱대는 걸음걸이로 모래사장을 헤집고, 한참을 걸어나가도 허리를 넘지 않는 낮고 잔잔하고 투명한 바다가 있는 그곳. 두 아이를 데리고 하루 종일 머물러도 싫증나지 않을 해안을 찾아 우리는 거의 매해 제주도를 찾았고, 함덕해수욕장에 머물렀다. 부서진 산호로 눈이 부신 백사장과 투명한 에메랄드 빛 바다는 몰디브니 보라카이 같은 남국의 해안도 부럽지 않을 절경이었다.

파도 없는 잔잔하고 얕은 바다가 어찌나 맑은지, 이제 두 돌이 막 지난 아이는 물속 모래를 밟고 선 제 발가락이 꼼지락대는 모습을 신기한 듯 바라보았다. 그러다 나지막한 바위 해안 쪽으로 다가섰을 때, 아이의 오동통한 다리 사이로 정체 모를 은빛 물체들이 쏜살같이 지나갔다. 이게 뭐지 싶어 들여다보는데, 어느새 떼를 지어 이동 중인 녀석들! 어른 무릎을 간신히 넘는 얕은 해안까지 진출한 이 용감한 물고기들의 정체는 다름 아닌 멸치였다.

이런, 늘 바짝 말린 상태로 상자 속에 들어 있던 녀석들을 물속에서 헤엄치는 생물로 보게 될 줄이야. 성질이 급해서 그물에 걸려 올라오는 순간 제명을 다한다는 게 멸치 아니었던가. 그때까지만 해도 일평생 서울 촌것들로 살아온 우리 가족이 바다 속을 유영하는 멸치를 보게 될 확률은 한없이 제로에 가까웠건만 자세히 보니 바위 옆 해안 전체가 멸치 반, 물 반이었다. 아이들은 이 투명하게 반짝이는 물고기가 뭔지도 모르면서 환호성을 지르고, 남편과 나는 우리들의 맥주 안주가 단체로 이동 중인 장관에 입맛을 다시며 녀석들을 관찰했다.

> 끊임없이 움직이기에 옛 사람들이 행어(行魚)라고도 불렀다. 그리고 죽음으로써 이렇게 정지해 있는 것들, 제각기 대가리마다 숨이 끊어지는 순간의 모습이 그대로 남아 있다. 이생의 마지막 표정을 이 애들처럼 적나라하게 가지고 있는 것도 없다. — 한창훈,《내 술상 위의 자산어보》

대가리마다 간직한 제 숨 끊어지는 순간의 모습이라니, 생계형 낚시꾼이자 소설가인 한창훈의 묘사력은 바닷것에 관한 한 타의 추종을 불허한다. 덕분에 육수를 낸답시고 멸치 배를 가르고 똥을 빼낼 때마다 요 쪼그만 녀석들이 부관참시 당하는 제 모습을 두 눈 부릅뜨고 지켜보는 상상을 하게 되었지만. 살아 움직이는 녀석들은 이렇게 힘차고 날렵하고 예쁜 물고기들이었다.

사람들이 노니는 얕은 해변까지 출몰하는 멸치 떼를 목격하고 나니 제주도의 멸치 맛이 각별하리라는 기대가 생겼다. 그리고 몇 년 후 그 기대를 뛰어넘는, 면식인생 40여 년을 통틀어 최고인 멸치국수를 이곳에서 만났다.

제주도에 오면 늘 서귀포 어디쯤의 소박한 펜션에 여장을 풀었던 예년과 달리, 그해는 아는 사람의 소개로 표선면에 생긴 새 리조트에 묵었다. 평상시 같으면 언감생심이었을 5성급 호텔 리조트는 해수욕장에서 조금 떨어져 있는 대신 시설과 경관이 대단히 훌륭했고, 홍보기간 중 직원할인가를 적용하고 있어 숙박비도 꽤나 합리적인 수준이었다. 모든 것이 만족스러웠지만 문제는 식사였다. 식성 좋은 네 식구가 호텔 레스토랑을 한 끼만 이용해도 하루 숙박비를 훌쩍 넘길 상황이었다. 그리하여 먹는 건 싸고 맛있는 현지식당을 이용하자는 생각으로 계획 없이 나간 표선 읍내에서, 운명의 그녀를 만났다.

가볍게 한 끼를 때울 심산으로 시내를 천천히 드라이브하다 발견한 곳은 좁고 허름하고 간판도 없는 국숫집이었다. 생뚱맞게 불그죽죽한 비닐 소파를 밖에 세워둔, 흑백 텔레비전에서 튀어나온 듯한 식당이 왠지 궁금했다. 들어가 볼까?

미닫이 유리문을 열고 들어가니 식당 안에는 길쭉한 나무 탁자가 달랑 두 개 놓여 있었다. 무릎에 담요를 덮은 채 텔레비전을 보던 주인아주머니가 아이 둘을 대동하고 들어서는 우리 내외를 보고 주섬주섬 일어섰다. 보통, 곱빼기, 콩국수가 전부인 메뉴에서 2,500원 하는 보통을 네 그릇 시켰다.

10분이 채 안 된 것 같은데 손잡이 달린 노란 양은 냄비 네 개가 나란히 식탁에 놓였다. 진한 멸치 냄새가 훅 끼치는데, 비리지 않고 구수하게 풍겨오는 훈기가 식욕을 자극했다. 보통의 맑은 멸치 국물보다 더 뽀얀 국물에 중면보다는 굵고 우동 면보다는 가는 동그란 단면의 면발, 그

위에는 고춧가루와 쪽파가 듬뿍 올려져 있었다. 이 독특한 굵기의 면은 제주에만 있는 '왕면'이란다. 달걀지단이니 호박 같은 고명은 일체 생략, 오로지 면발과 육수로만 승부하는 단순한 구성은 그만큼 기본에 자신이 있다는 뜻이렷다!

시간에 쫓기는 것도 아닌데 왠지 마음이 다급해지는 비주얼이랄까. 얼른 고춧가루와 쪽파가 국수와 섞이도록 대충 휘젓고 양껏 한 젓갈을 들어올렸다. 국물을 듬뿍 머금은 두툼한 면발을 들이키는데… 세상에, 멸치가 이런 맛을 내던가? 개운하고 은은한 감칠맛으로만 알고 있던 멸치 육수가 이렇게 깊은 맛을 내다니. 국수 한 그릇이 어디로 들어가는지 모르게 사라져버렸다. 아이들마저 제 것을 다 해치우고 한 그릇 더 시켜달란다. 그래! 까짓것, 인심이다! 다시 나온 한 그릇을 두 아들에게 갈라주고, 나는 국물 한 방울까지 깔끔하게 마무리했다. 넷이 이렇게 배 터지도록 맛나게 먹고도 단돈 12,500원이란다. 이토록 탁월한 맛에 참 터무니없이 황송한 가격이다. 식당을 나서는 기분이 어찌나 흐뭇하던지. 나란 인간은 역시! 제주도까지 와서 이런 숨겨진 면식성지를 찾아낸 눈썰미에 자부심을 느끼고 말았다.

나중에 알게 되었지만, 사실 그곳은 소설가 성석제의 산문을 통해 널리 알려진 전설의 멸치국숫집, '춘자싸롱'이었다.

"나는 제주도에서 춘자싸롱 국시 말고는 국시로 안 보네."

글 속에서 오직 국수 때문에 제주도를 왕래한다는 면식성인의 입을 빌어 작가는 이곳의 국수를 극찬했다. 그리고 춘자싸롱의 국물 맛을 놓고 억센 경상도 남자들이 난상토론을 벌이는 장면이 나온다. 분명히 핵심은 멸치 육수인데, 한 차원 높은 그 심오한 맛의 비밀이 뭔지를 놓고 간장이다, 물이다 온갖 추론이 충돌하는 가운데 일행 중 한 명이 유유히 비밀을 공개한다.

본인은 평생 국숫집을 내지 않을 것이며, 앞으로 수십만 원 어치의 국수를 이 집에서 먹겠다는 약속을 하고 주인장에게 캐냈다는 비법의 정체는… 제주도에서만 난다는 어떤 물고기의 새끼였단다! 그것이 진실이든 입심 좋은 작가의 구라든지 간에, 덕분에 나는 제주의 푸른 밤에 이어 봄 제주에 대한 환상을 갖게 되었다.

> 봄은 슬쩍 맛보았다. 표선면 세화리 앞 연청색 바다, 초병의 이를 악물게 하는 바람으로. 무슨 물고기인지 몰라도 그 물고기 새끼에 봄이 들면 춘자 국수도 더 맛있어지겠다.　　　　　　　　　　　－ 성석제,《소풍》

아, 맛있겠다. 그 봄!

강원도의 힘, 메밀막국수

먹어도 배고픈 국수를 먹는다

왁자지껄 만났다 흩어지는 바람과

흙 묻은 안부를 말아 국수를 먹는다

산촌, 산속에 있는 마을이 많은 곳. 산이 많은 게 아니라 그냥 산 밑, 산등성, 산꼭대기로 이뤄진 땅. 그리고 산이 꺼져 바다 밑으로 파고들어 가는 험난한 땅. 사진 속 강원도의 이미지는 늘 그랬다.

어린 시절 나는 강원도를 척박한 산촌과 까마득한 고개로 가득 찬 겨울의 나라로 인지했다. 한여름에도 녹록지 않게 차가운 바닷물에 땀을 식히러 가는 피서 철만 아니면 그곳에 갈 일은 없었다. 가는 길이 너무 험했기 때문이다. 강원도에 가려면 반드시 넘어야만 하는 무시무시한 고개들이 폭설과 추위로 희게 부풀다 마침내 얼어붙기 시작하면, 그곳은 사악한 눈의 여왕이 다스리는 북쪽 나라, 갈 수 없는 얼음의 땅으로 변했다.

그러나 이제는 서울서 두세 시간이면 넉넉히 갈 수 있는 곳이 되었다. 그렇게 돌고 돌던 고개가 쭉 뻗은 터널로 대체되고 암벽의 요새 같던 산에 일직선의 도로가 뚫렸으니 말이다. 강은 몰라도 산이 변하는 세월이 흘렀는데, 그곳의 음식들은 여전히 산촌의 흙냄새를 간직한 것들이다.

강원도의 별미라 하면 생각나는 음식들이 대개 그렇다. 감자 부침개, 옹심이, 산나물, 순두부 같은 소박하기 짝이 없는 땅의 음식들. 이 땅의 국수들은 더하다. 막국수, 콩등치기국수, 올챙이국수는 죄다 밀가루가 아니라 잡곡, 메밀과 옥수수를 쓴 것들이다. 번듯한 땅뙈기 한 마지기가 없어서 산에 불을 내고 재의 기운을 빌어 잡곡과 채소를 심는 화전민의 주식, 그게 메밀이랬다. 그래서 《음식강산》의 저자 박정배는 메밀막국수를 '화전민의 음식'이라 했다. 지금이야 건강식으로 쌀보다 귀한 대우를 받는 고급 식자재라지만, 메밀은 원래 없어서 못 먹는 게 아니라 너무 없어서 먹는 곡식이었다.

그 메밀로 만든 국수가 막국수다. 막 만드는 국수? 막돼먹은 국수? 이름이 왜 하필 '막'일까? 처음 막국수를 만났을 때, 메밀이라는 곡물의 의미를 모르고도 그 이름이 가난을 담고 있다 생각했다. '나 별로야!' 하는 선언과도 같은 이름은 물론, '하얗지 못한' 면발에 무와 오이, 김가루가 질서 없이 흩뿌려진 모양새도 영 그랬다. 붉은 양념장과 국물이 함께 있는 것조차 맘에 안 들었다. 비빔국수면 비빔국수고 물국수면 물국수지, 지저분하게 이게 뭔데! 그리고 대체 음식에 무슨 '막'이란 이름을 붙인단 말인가.

별 기대 없이 국물과 양념을 대충 휘저어 떠 올린 막국수의 첫맛은, 조용히 그러나 확실하게 편견에 짓눌렸던 나의 미각을 흔들었다. 밀가루 소면에 비하면 약간은 깔끄럽다 싶은 메밀 면은 씹는 맛이 좋고 목넘김도 남달랐다. 굳이 설명하자면, 더 힘차다고나 할까. 동치미 국물과 멸치 육수를 섞은 듯한 국물 맛도 입에 붙었다. 빨간 양념은 보기와 달리 너무 과하지 않게 시원한 국물과 섞여 면발의 구수함을 살리는 촉매가 돼주었다. 30여 년 면식수행의 역사에서 무시해왔던 존재, 막국수는 서른 중반의 어느 가을, 갑작스레 내게 왔다. 역시 사람이든 국수든 간에 선입견이 제 역할을 하는 경우는 별로 없다. 직접 만나보고, 맛보고, 부대껴봐야 하는 것이다. 모든 만남은 그래서 의미 있다.

그때부터 나의 막국수 편람기가 시작되었다. 일도 정도껏 하라며, 숨 좀 쉬고 살라며, 야근으로 날을 지새우던 나를 끌고 간 후배 덕에 그 유명한 춘천의 막국수 명가 '샘밭막국수'를 만났다. 강원도 평창으로 떠난 2박 3일 회사 연수에서는 팀원들에게 고향음식을 대접하고 싶었던 본부장이 봉평까지 우릴 끌고 가 '현대막국수'를 소개했다. 아버지의 은퇴 후 가평에 자리 잡은 친정 가는 길에서는 '송원막국수'를 만났다. 나중에 안 일이지만, 경기도 가평에서 강원도 사이의 국도는 최고의 막국수 명가들을 만날 수 있는 누들로드다. 혹시라도 이 경로로 막국수 여행을 떠나고 싶은 분들에게 허영만 화백의《식객-국수 완전정복》편에 등장하는 막국수 에피소드를 권하고 싶다. 면식수행자들이라면 놓쳐서는 안 될 만큼 알뜰한 국수가이드이자 내비게이션 역할을 해줄 것이다.

이럭저럭 잘한다는 집의 막국수들을 더러 맛보았지만 내가 잊지 못하는 단 하나의 막국수는 봉평의 어느 관광식당에서 만났다. 식당 이름은 잊었다. 어디를 다녀오던 길인지도 잊었다. 세 살, 일곱 살 나던 두 아들을 끌고 강원도 어딘가를 헤매다 서울로 올라가던 길이었다. 꽤 늦은 시간이었는데 우리는 배가 고팠고 충동적으로 봉평에 들어섰다. 밤이 늦어서 그런지 몇 번 온 곳인데도 남편은 길을 헤매기 시작했고, 목적하던 읍내가 아니라 양옆으로 논밭만 이어진 길로 들어서게 됐다. 차창에 서리가 낄 정도로 추운 겨울밤이었다. 얼음여왕처럼 도도하게 차가운 보름달이 거울처럼 얼어붙은 논바닥을 비췄다. 사람도 없고 가로등도 없는 적막한 길을 달렸다. 달과 눈밭과 은빛 차체가 말없이 서로를 반사했다.

얼마나 달렸을까. 논바닥 한가운데서 기적처럼 번듯한 식당이 나타났다. 신축한 한옥 스타일의 식당에서는 메밀 음식을 팔고 있었다.

정신없이 자고 있는 아이들을 업고 이다시피 하여 뜨끈한 온돌 바닥에 옮겨 놓고 메밀전과 막걸리를 시켰다. 겨울이니 더욱 당기는 동치미

막국수와 아이들을 위한 뜨끈한 메밀국수도 시켰다. 시큰하던 엉덩이는 따끈한 온돌에 노글노글 녹아들었고, 머리까지 쨍하게 차가운 동치미 육수는 사우나 후 들어가는 냉탕처럼 상쾌했다. 순메밀의 면이었는지 고명이 어땠는지 따위는 기억나지 않는다. 다만 내가 원하는 겨울국수의 3대 조건, '뇌는 시원하게, 배는 든든하게, 엉덩이는 뜨끈하게'를 제대로 충족시키는 환경이었다는 것, 그게 중요했다.

간신히 일어난 아이들까지 배불리 먹이고 나니 손끝이 오그라들던 추위도 확 누그러진 것 같았다. 건전지를 갈아 끼운 듯 쌩쌩해진 아이들을 부추겨 식당 옆에 붙어 있던 논바닥으로 나갔다. 낮에는 썰매장으로 쓰이는 모양인지 고맙게도 꽁꽁 언 논바닥에 임자 없는 판자썰매와 썰매용 송곳이 널려 있었다. 시리도록 밝은 달빛이 꽝꽝 언 논바닥을 조명처럼 비춰 마치 얼음으로 만든 무대에 선 듯했다. 아이들은 그 차가운 바닥을 강아지처럼 구르고, 미끄러지며 놀았다. 나도 남편도 썰매를 끌고 밀고 자빠지며 함께 놀았다. 달빛에 뿌연 대기가 마치 얼음입자로 꽉 찬 듯 시리던 그 밤, 지금도 그때가 흑백의 영화장면처럼 떠오른다.

그곳에서는 얼어붙도록 차가운 겨울밤, 산속 마을에서 직접 수확한 메밀을 빻아 반죽한 덩어리를 국수틀에 넣고 면발을 뽑아낸다. 원래 끈기가 없고 쉽게 삭는 메밀 반죽은 밀가루 반죽처럼 칼로 썰어 만드는 절면(切面)이나 기름과 소금을 써 길쭉하게 늘려 만드는 소면(素麵)의 제조 방식으로는 국수를 만들 수 없다. 그래서 우리 조상들이 발견한 방법은 작은 구멍을 뚫은 분틀에 반죽을 집어넣고 내리눌러 면을 뽑아내는 압면(押麵) 제조 방식이었다. 이렇게 뽑아낸 메밀 면은 그냥 두면 끊어지거나 뭉개지기 십상이다. 그래서 틀 아래 끓는 물로 바로 떨어지게 해 면을 익혔다. 그렇게 익힌 면발을 찬물에 헹궈서 물을 뺀 후 고명을 얹고 차가운 동치미를 부어내면 그것이 북쪽 지방의 냉면이고 막국수였다.

산지가 많고 주로 쌀농사를 짓는 우리나라에서 밀은 워낙 귀한 곡물이었다. 그리하여 조선시대까지도 국수라 하면 대개 메밀 면이거나 곡물의 전분을 이용한 농마국수를 뜻했다. 메밀이 주를 이뤘고 옥수수, 녹두, 칡이나 도토리까지, 면발을 뽑아내기에 쉽지 않은 작물이라도 지역에 흔한 재료를 이용해 어떻게든 국수를 만들어 먹으려는 노력이 가상할 지경이었다. 참으로 애절한 국수 사랑이다.

서양에서도 메밀을 먹긴 했다. 《먹거리의 역사》를 쓴 마귈론 투생-사마에 따르면, 유럽에서는 중세 이후에 메밀을 먹기 시작했다. 프랑스에서는 메밀이 중동의 사라센제국에서 왔다고 믿었으나 실제 메밀의 원산지는 만주 지역이다. 메밀로는 죽을 만들거나 걸쭉하게 만든 반죽을 구워 팬케이크로 먹었다. 당시 이탈리아와 프랑스 일부를 제외한 유럽에 국수(파스타)는 아직 보편화되지 않은 음식이었다. 안타깝게도 유럽에는 밀이 아닌 다른 작물, 메밀이나 다른 잡곡으로 국수를 만들 면식성인들이 존재하지 않았나 보다. 어쨌든 밀이나 보리가 자라지 못하는 척박한 환경에서도 이삭을 맺는 메밀은 유럽에서도 서민들의 작물이었다.

시골 농민들이 피땀 흘려 재배한 밀은 귀족과 도시민들의 빵을 위해 공급됐고, 가난한 농민들은 메밀, 보리, 호밀 등 잡곡에 의지해 연명했다. 기근이 심해지면 잡곡에 각종 나무 열매와 잡초를 섞어 넣었다. 먹을 게 없어 초근목피로 연명했다는 이야기는 빈곤한 서민들이 있는 곳이라면 지구상 어디서나 진실이다.

서양에서든 동양에서든 메밀은 가난한 자들의 식량이었다. 우리에게 메밀로 만든 막국수나 옥수수로 만든 올챙이국수, 감자 전분으로 만든 옹심이 같은 음식은 척박한 산간 지역에서 기근을 견디기 위해 개발된 음식이다. 그래서일까. 하얀 이밥에 대한 선망을 담은 이 산촌의 국수들은 먹어도 왠지 헛헛함이 남는다. 서글픈 가난의 추억을 담은 강원도의 국수를 그래서 시인은 먹어도 배고픈 국수라 했다.

봉평에서 국수를 먹는다

삐걱이는 평상에 엉덩이를 붙이고

한 그릇에 천 원짜리 국수를 먹는다

올챙이처럼 꼬물거리는 면발에

우리나라 가을 햇살처럼 매운 고추

숭숭 썰어 넣은 간장 한 숟가락 넣고

오가는 이들과 눈을 맞추며 국수를 먹는다

어디서 많이 본 듯한 사람들

또 어디선가 살아본 듯한 세상의
장바닥에 앉아 올챙이국수를 먹는다
국수 마는 아주머니의 가락지처럼 터진 손가락과
헐렁이는 셔츠 안에서 출렁이는 젖통을 보며
먹어도 배고픈 국수를 먹는다
왁자지껄 만났다 흩어지는 바람과
흙 묻은 안부를 말아 국수를 먹는다

– 이상국, 〈봉평에서 국수를 먹다〉

한여름의 주연배우, 콩국수

맷돌에서 나오는 母乳같은 콩국을 찬 우물물에 타서

삶아 건진 칼국수를 매운 위에 오이채를 얹어 먹는

구수하고 서늘함이 흐르는 땀을 빨아들이고.

말랑거리는 가슴의 어머니 냄새

할머니 어머니 아내의 손과 가슴으로 이어지는

혈액 같은 그 맛

시인이 사랑한 우물가의 국수, 콩국수는 누가 뭐래도 여름국수다. 그러고 보니 셰프이자 문필가인 박찬일도 우물가의 음식으로 콩국수의 추억을 말한 바 있다. 그러나 나의 추억 속 콩국수는 아쉽게도 우물가 두레박이 아니라 볼품없는 수도꼭지와 함께 떠오른다.

우리 집 마당, 모로 세운 벽돌로 경계를 표시한 꽃밭 옆에는 얼음처럼 차가운 지하수를 퍼 올리는 수돗가가 있었다. 그곳에서 오라비의 등짝에 정신이 번쩍 나도록 차가운 물 한 바가지를 끼얹고 덩달아 신이 난 동생이 물이 가득 찬 고무 '다라이'에 풍덩 제 몸을 담그는 그런 날, 엄마는 콩국수를 말았다.

진정한 평양냉면 마니아로서 다른 국수는 거들떠보지 않는 아버지도 이렇게 찌는 듯 더운 여름 오후에는 얼음 동동 띄운 콩국수를 찾았다. 일 때문에 늘 바쁜 아버지가 어쩌다 집에 있는 날, "오늘따라 콩국수가 먹고 싶네." 하고 한마디 던지면, 엄마는 마음이 급해졌다. 제대로 된 콩국을 만드는 것에서부터 시작하면, 콩국수는 잔치국수나 비빔국수처럼 후다닥 말아낼 수 있는 국수가 아니다. 서둘러 국수 삶을 물을 불에 얹고 나서 엄마는 내 손에 1,000원짜리 한 장을 쥐어주었다.

"얼른 다녀와. 시장 들어가서 세 번째 집이야!"

그까짓 것, 말 안 해도 다 알지! 4·19탑 건너편 우리 집 골목 옆 가파른 언덕길을 올라 수유제일교회가 나오면 낮은 언덕길을 내려간다. 거기서 찻길을 건너 친구 지영이네 집이 있는 2층집 골목을 빠져나오면 화계시장이 나오는데, 거기라면 뭐, 줄줄 꿰고 있었다. 나는 평소 심부름 시킬 기미만 보이면 줄행랑을 치는 뺀질이였지만, 단짝 친구의 집과 가깝고 좋아하는 순대를 파는 그곳이라면 언제 가도 신이 났다. 물론 엄마랑 같이 장 보러 갈 때가 제일 좋기는 했지만, 혼자 가도 볼 것 많고

흥겨운 시장길이었다.

시장 입구에서 콩물을 파는 그 집은 닭장에 갇힌 닭을 '척' 꺼내 그 자리에서 잡아주는 닭집 옆이었고, 우리 반 미영이네가 하는 채소가게 건너편이었다. 그 집의 주력 품목은 두부였는데, 여름에만 콩물을 팔았다. 엄마가 후딱 갔다 오라는 말만 하지 않았다면, 시장 입구에서 찻길로 이어지는 시장 끝까지 20분이 채 안 걸리는 이 작은 시장을 온전히 누렸을 것이다. 채소, 닭, 두부, 생선 같은 신선식품으로 시작해서 즐비한 과일 노점들을 지나 정육점 옆 쌀집, 건어물과 각종 제수용품을 갖춘 가게를 지나면 플라스틱 바구니며, 도마 같은 부엌용품을 갖춘 잡화점, 간판 없는 신발가게까지 각종 공산품을 파는 가게들이 양옆으로 이어졌다. 그리고 시장통 끝에, 시장에서 가장 넓은 자리를 차지하고 거대한 슬레이트 지붕을 쳐 기계로 뽑은 국수를 널어 말리는 국수 공장 겸 가게가 있었다. 작지만 적당히 복작대고 늘 재미난 볼거리를 제공하는 시장이 그 지역의 유일한 '쇼핑몰'인 시절이었다. 이것저것 구경하는 재미가 쏠쏠한 시장을 그냥 떠나자니 아쉬움이 남았지만, '후딱'에 강세를 둔 엄마의 심부름을 최단 시간 내에 해치우고자 주인아줌마가 터질까 싶다며 세 겹으로 꽁꽁 싸매준 콩국을 들고 집으로 발걸음을 돌렸다.

그렇게 물방울이 송송 맺힌 콩국 봉다리를 엄마에게 건네면 내 임무는 끝. 엄마는 아빠만 쓰는 커다란 사기대접에 삶아서 건진 차가운 면발을 손으로 돌돌 말아 담고 뽀얀 콩물을 부었다. 여기에 오이채를 썰어

없고 얼음 몇 조각과 소금 약간. 콩물과 소면 외에 엄마가 더하는 것은 겨우 이것뿐이었다. 콩국수를 잘 먹는 건 아빠와 오빠였다. 나는 이토록 소박하고 단순한 콩국수를 '어려워'했다.

시원한 육수를 적당히 머금은 면발의 잔치국수, 매운 양념과 면발이 혼연일체가 되는 비빔면처럼 면과 양념 또는 국물의 상호보완이 좋은 여느 국수와 달리, 콩국수는 국물의 비중이 압도적이지 않다. 아기 뱃살처럼 뽀얀, 담백함과 고소함의 극치인 순수한 콩물은 (내 생각에는) 건더기가 있는 요리의 배경, 즉 국물이 되기에는 너무 진하고 '된' 재료였다. 공동 주연을 허락지 않는 단독 주연감이랄까. 면발과 함께 술술 넘어가는 찬 육수나 동치미 국물이 아닌, 액체는 액체이되 미세한 콩가루가 입 안에 그대로 남을 듯한 이 걸쭉한 콩물의 존재감. 숫제 마시는 게 아니라 씹어 먹어야 할 것 같은 게 제대로 된 콩물의 정체였다.

대두, 소위 메주콩이라 불리는 백태를 씻어서 불렸다가 그대로 맷돌로 갈거나 믹서로 갈아낸 콩국, 또는 콩물이라 불리는 이것은 콩죽에 가깝다. 여기서 물을 빼 굳히면 두부요, 걸러서 설탕을 넣어 끓이면 두유요, 얼음 좀 띄워 국수를 말면 콩국수가 된다. 특히나 시간이 나서 엄마가 직접 콩국을 만들 때는 아무것도 넣지 않은 콩들을 그저 되직하게 갈아낸 콩물이 어찌나 걸쭉하던지, 그걸로 콩 향기 그윽한 부침개나 핫케이크도 구워낼 수 있을 것 같았다. 이 씹어 먹어야 제맛인 콩국에 국수를 함께 먹을 때, 나의 단순한 미각은 콩국의 중량감을 더해주는 미세한 콩의 조각들과 존재감 약한 소면을 분리해내느라 정신이 없었다. '이건 같이 먹기에 너무 복잡해.' 나는 혼자 결론을 내리고 콩국만 따로 담아 먹기도 했다. 입 짧고 까다로운 꼬마 미식가였던 나는 콩국을 수프 먹듯 천천히 떠먹는 것만으로도 배가 불렀다.

대두는 동아시아 전역에서 예로부터 변화무쌍한 음식의 재료이자 균형 잡힌 영양분의 보고로 사랑받아 온 존재다. 쌀밥을 주식으로 하였으되 모자란 영양분을 보충하기 위해 콩을 넣고 밥을 짓는 것은 물론이고, 된장, 고추장, 간장 같은 장류, 두부, 두유, 식용유까지 대두의 활용도는 무궁무진하였다. 거기다 대두에는 생명을 유지하기 위해서 꼭 필요한 단백질, 지방, 탄수화물, 비타민, 미네랄염 등이 모두 균형 있게 들어 있다. 가축을 기르기 어려웠던 동아시아 지역에서 대두의 활용도가 높았던 것은 당연하고도 현명한 일이었다. 그래서 중국인들은 대두를 생명의 보물창고라 부르기도 했단다.(마귈론 투생-사마,《먹거리의 역사(상)》)

그래도 이 콩으로 국수까지 만들 생각을 한 것은 우리 민족이 유일하지 않나 싶다. 밀가루에 콩가루를 섞어 만든 면발로 안동국시를 만들어 먹었고, 아예 콩을 맷돌로 갈아 만든 국물에 면을 말은 콩국수도 즐겼다. 우리 민족이 콩국수를 언제부터 먹기 시작했는지는 정확히 알 수 없지만, 문헌에 따르면 조선 중기에 이미 서민들의 여름철 보양식으로 보편화되어 있던 듯하다.

1723년 이익(李瀷)의 《성호사설(星湖僿說)》에 "… 맷돌에 갈아 정액만 취해서 두부로 만들면 남은 찌끼도 얼마든지 많은데 끓여서 국을 만들면 구수한 맛이 먹음직하다"라는 콩음식에 대한 글이 있고, 1800년대 말에 나온 조리서 《시의전서(是議全書)》에 콩국수와 깻국수가 언급되어 있는 것으로 보아 오래된 음식임을 짐작할 수 있다. 예부터 콩국수는 서민들이 즐겨먹던 여름철 음식이었고, 양반들의 여름철 음식은 깻국수였다.

－《한국민속대백과사전》

　　가뭄과 폭우의 양 날에서 춤추던 올 여름도 어느덧 끝나가고, 하루가 다르게 높아지고 깊어지는 하늘이 가을을 부른다. 이제 찬바람이 나면 여름내 더위에 잃은 입맛을 책임졌던 콩국수도 내년까지는 이별이다. 메밀소바집 담벼락에 얌전히 붙은 '여름의 별미, 콩국수 개시' 안내판이 사라지기 전에 이 타협할 수 없는 여름의 주인공을 만나러 가야겠다.

> 맷돌에서 나오는 母乳같은 콩국을 찬 우물물에 타서
> 삶아 건진 칼국수를 메운 위에 오이채를 얹어 먹는
> 구수하고 서늘함이 흐르는 땀을 빨아들이고.
> 말랑거리는 가슴의 어머니 냄새
> 할머니 어머니 아내의 손과 가슴으로 이어지는
> 혈맥 같은 그 맛

하얀 오존이 하늘을 뒤덮는 이 도시의 여름을 나자면
어머니를 느끼며 콩국을 먹어야 하고.
궂은 날 어머니를 졸라 솥뚜껑 지짐질로 빚으시던
밀전병 생각이 간절하면 먼 하늘이나 바라보고.

– 최진연, 〈콩국수〉

엄마의 나들이, 명동칼국수

여전히 해대는 사람은 엄마고 나는 받아먹는 입이지만, 가끔, 아주 가끔 나는 엄마가 좋아하는 해물을 사드릴 수 있는 성인이 되었다. 그리고 이제 우리는 결혼으로 이룬 가족 안에서, 여전히 비주류인 존재의 서글픈 입맛과 고달픈 일상을 이해하는 동지들이다. 엄마, 엄마의 아이, 아이의 아이, 다시 그 아이의 아이로 이어지는 끈. 국숫발처럼 끊어질 듯 또 이어지는 인연의 끈으로 묶인, 모녀라는 동지.

일가친척이 많진 않았어도 나름 종가의 며느리였던 엄마는 어떤 시각에 어떤 손님이 와도, 냉장고에 뭐가 남아 있든지 간에 한 상을 뚝딱 차려내는 재주가 있었다. 특히 남도 출신답게 '바닷것'들을 다루는 데 일가견이 있었다. 반달 모양으로 두툼하게 자른 무 조각을 깔고 또 덮어

간간하게 조려내는 갈치조림, 집에서 담근 된장과 고춧가루를 풀고 쑥
갓을 올려 끓여내는 꽃게탕, 달고 부드러운 생선살과 시원한 국물의 조
화가 압권인 대구지리, 그리고 입 안을 짜르르 타고 넘어가 목구멍에서
위를 정복하고 다시 호흡기를 장악하는 핵폭탄 급 위력의 홍어찌개. 그
비리고 싱싱한 것들의 향연은 엄마의 자랑이자 탐닉이었다.

　나는 생선을 좋아하지 않았다. 생선은 낯설고 무섭고 냄새 나는 것들
이었다. 엄마는 나무도마에 놓인 축축한 비린내가 진동하는 물고기를
거대한 식칼로 탕, 내리쳐서 눈을 부릅뜬 머리를 뎅겅 잘라냈다. 그리고
흐물거리는 속살을 가차 없이 비집어 주룩! 내장을 단번에 훑었다. 식탁
에 오른 생선요리의 전제 조건인 손질 과정은 어린 내게 언제나 경악이
었고, 제아무리 싱싱하다 해도 바다를 떠나는 동시에 비린내를 풍기기
시작하는 그것들은 어떻게 해도 익숙해지지 않는 존재였다. 언젠가는
할머니가 냉장고에서 썩은 내가 나는 생선을 발견하고 기겁을 해서 쓰
레기통에 내다 버렸는데, 그게 알고 보니 엄마가 신줏단지 모시듯 아껴
둔 삭힌 홍어였다!

　"아이고, 어떻게 구한 건데⋯."

　얼마나 귀한 건데 그걸 버렸냐며 법석을 피우던 엄마의 눈가에 눈물
이 맺히는 것을 나는 목격하고 말았다.

　사실 나는 그 홍어가 하나도 아깝지 않았다. 우리 집 식구의 아직 덜
발달한 미각 유전자는 죄다 이북 출신인 할머니의 그것에 쏠려 있던 까

닭에, 우리는 '육고기'가 아니면 건건이(원래 변변치 않은 반찬을 가리키는 말. 하지만 평안북도 출신인 할머니는 이 말을 '고기반찬' 또는 그날 밥상의 중심이 되는 '중요한 반찬'의 의미로 썼다.)가 아니라는 인식을 갖고 있었다. 삼겹살을 소금도 찍지 않고 먹는 고기 마니아들일 뿐 홍어의 강력한 한 방을 별미로 인식할 혀를 가진 이가 우리 중에는 없었다. 그저 한 명이 귀한 생선이라며 놔둔 것을 또 한 명은 썩은 생선이라며 내다 버린 두 여인의 해프닝이 우습다며 온 식구가 배꼽이 빠지도록 웃어댔을 뿐이다. 저 머나먼 북녘의 내지 출신인 할머니와 아버지의 입맛을 맞추느라 어렵게 구한 홍어를 저녁상에 한 번 내지도 못하고 모셔둔 엄마의 마음 따위 알 리가 없었다.

어쨌든 전라도 손맛을 가지고 평안도 출신 집안에 시집온 며느리는, 짜르르한 간장게장을 담는 솜씨로 쨍한 이북식 동치미를 담게 되고, 싱싱한 겨울 굴전을 부치던 솜씨로 돼지비계 넣은 녹두전을 부치게 되는 법이다. 생각건대 최고의 요리사가 되기에 이 이상의 조합은 없다. 재료와 요리에 따라 엄마는 '징하게 맛나는' 남도 스타일과 '호방하고 시원한' 북녘 스타일을 자유자재로 구사했기 때문에, 우리 식구들의 입맛은 기준점이 꽤나 높았다.

밀가루로 만든 음식, 국수나 만두, 빵 따위를 좋아하는 것은 대개 북쪽 사람들이다. 극동 지방에서 밀이 나는 곳은 아무래도 북부다. 과거 우리나라 최대의 밀 생산지는 함경도 사리원이었고 질 좋은 메밀이 나는 곳도 대개 추운 지역이었기에, 국수나 냉면 따위를 밥만큼 사랑했던 사람들은 북녘의 사람들이다. 남쪽은 쌀이 풍부했기에 국수나 빵 같은 밥의 대용품을 찾을 이유가 상대적으로 적었을 것이다. 중국이 그 확실한 예다. 중국 북부에서는 국수와 빵, 만두 등 분식류를 주식으로 삼는 데 반해 남부에서는 쌀밥을 먹는다. 우리 집에서는 이러한 역사적, 유전적 환경을 그대로 반영해 면식인과 비면식인이 약 6대 1의 비중으로 나뉘었다. 엄마는 당연히 후자였다.

나의 유구한 면식역사 중 유년기의 첫사랑은 칼국수였다. 냉면은 별로, 국수도 별로, 라면은 절대 싫은 엄마가 집에서 밀가루 반죽을 빚어 칼국수를 해주길 기대하기는 무리였기에, 나는 갖가지로 칼국수 먹을 방법을 궁리했다. 오죽하면 초등생 시절 용돈을 모아 처음으로 사 먹은 간식이 칼국수였을까. 가족 동반이나 계 모임 아줌마들의 아지트인 동네 손칼국숫집에서 나 홀로 면식수행을 감행할 정도로 나는 그 시절 이미 모태면식인이었다. 그러나 그게 다인 줄 알았다. 그런데 동생의 증언은 달랐다.

"엄마 외출하면 언니가 만날 칼국수 만들어줬잖아. 기억 안 나?"

"뭐, 내가?"

동생은 내 덕에 방학 내내 칼국수와 수제비를 먹었다고 했다. 순간 30여 년간 까맣게 잊고 있었던 여름날 칼국수 제조의 기억이 떠올랐다.

'두메칼국수'는 우리 동네 유일한 칼국숫집이었다. 콩가루를 섞은 굵직한 면발이 특징이었다. 그러나 용돈은 더디 모이고, 국수는 늘 먹고 싶었다. 그러니 자가 제조는 당연한 수순이었다. 명절이면 어른 주먹만 한 손만두를 빚기 위해 만두피를 직접 만드는 할머니를 지켜봐 온 덕에 밀가루 반죽을 치대고 밀대로 밀고 썰어내는 손칼국수 제조법은 어렵지 않게 유추해낼 수 있었다. 지금처럼 인터넷으로 레시피가 당장 검색되는 시절이 아니었던 만큼, 나의 첫 면 요리는 오로지 눈썰미와 추리로 재창조될 수밖에 없었다.

요리라기보다 발명에 가까웠던 칼국수 제조의 과정 중 가장 힘든 부분은 반죽이었다. 힘이 달렸다. 초등 4학년이 되도록 30킬로그램을 넘지 못해 비리비리한 꼬마가 오늘 점심에는 어떻게든 국수를 먹고야 말겠다는 일념만으로 밀가루 반죽을 치대고 이기다 보면, 온 몸에 흰 분을 뒤집어쓰는 것도 모자라 마룻바닥에까지 새하얀 몸부림의 흔적을 남겼다. 밀대로 미는 것도 엉덩이까지 들썩이며 온 몸의 무게를 두 팔뚝에 실어 간신히 밀고 당길 뿐이었지만, 힘만 좋았지 요령이 없어 여기저기 '빵꾸'만 내는 동생에게 밀대를 맡길 수는 없었다. 하지만 그 모든 과정의 백미는 칼질이었다. 어렵사리 밀어낸 반죽에 밀가루를 뿌리고 몇 겹으로 접어 무딘 식칼로 조심조심 썰다 보면, 거짓말처럼 뽀얗고 통통하고 가지런한 면발이 생겨났다.

아, 사진으로라도 찍어두면 좋았을 것을. 칼국수 만드는 과정은 힘에 부치긴 했어도 어린 나와 동생에게는 소꿉놀이와도 같았다. 나는 뿌듯

한 마음에 썰어낸 면발을 국물에 담그기가 아까울 지경이었다. 하지만 시간이 지체되면 간신히 썰어낸 면발이 다시 덕지덕지 붙어버릴 터라 최대한 빨리 물을 끓이고 국수를 집어넣어야 했다. 간은 엄마가 찬장에 꿍쳐둔 '다시다'로 맞췄다. 그때는 국물을 뭘로 만드는지도 모르고 다시를 낸다는 것이 무슨 소리인지도 알지 못했다. 그러면서도 나와 동생은 요리사의 자부심으로 별채에 살던 동생 친구 효진이까지 초대해 거나한 국수잔치를 벌였다. 엄마는 본인이 외출한 동안 알아서 밥을 챙겨 먹은 동생과 나를 칭찬하기도 하고, 난장판이 된 바닥을 꾸짖기도 했지만, 국수를 만든다고 법석을 떠는 딸내미를 말리지는 않았다. 어쨌든 국수는 엄마의 종목이 아니었으니.

그런 엄마가 유일하게 좋아한 국수가 있었다. '명동교자'의 칼국수였다. 수유리 4·19탑 앞에 자리한 우리 집에서는 버스를 두 번이나 갈아타고 한 시간 반은 걸려야 갈 수 있는 4대문 안의 그곳. 미도파, 신세계, 롯데, 으리 번쩍한 백화점이 무려 세 군데나 있는 동네, 명동에 그 국숫집이 있었다.

"명동에 가자."

엄마는 늘 하루나 이틀 전쯤 나에게 외출을 통보했다. 혼자만의 외출이 아니라 딸들을 대동하는 외출은 엄마에게 어떤 의미였을까? 빠듯한 살림에 대식구를 건사하느라 늘 아등바등 시간에 쫓기는 엄마였다. 뭔지 몰라도 꼭 처리해야 하는 바깥일을 보러 가는 날에는 우리를 데려가지 않는다고 어린 나는 짐작하고 있었다. 엄마가 나에게 외출을 청하는 날은 특별한 날, 엄마도 한숨 돌리고 싶은 날이라고 나는 짐작했다.

덜컹덜컹 멀미 나는 시내버스를 타고 가는 그 화려한 동네에서 엄마가 사주는 칼국수를 나는 손꼽아 기다렸다. 그 가게에는 그때도 어지간히 사람이 많았다. 하지만 워낙 후루룩 뚝딱 먹는 음식이다 보니 금방 자리가 났다. 엄마는 우리 몫까지 칼국수를 주문하고 내키면 만두도 한 접시 시켜줬다. 나는 물론, 칼국수에 집중했다. 함께 나오는 조밥은 귀찮았다. 이걸 주느니 국수사리를 줄 것이지.

기름기가 둥둥, 고춧가루가 조금 섞였는지 약간 붉은빛이 감도는 누런 육수에 동네 칼국숫집과는 차원이 다르게 얇은 면발, 이 집의 별미인 납작한 만두와 쇠고기 고명이 올려져 있는 모습이 어찌나 맛나 보이던지, 어린 내 눈에도 이것은 한 차원 높은 국수, 촌티 나는 우리 동네 칼국수와는 격이 다른 음식으로 보였다. 그리고 그 매운 김치. 고춧가루가 매운 게 아니라, 마늘을 어찌나 많이 넣었던지 먹고 나서 숨만 쉬어도 온 방 안이 마늘 냄새로 꽉 찰 듯 어마어마하게 매운 겉절이는 이 집의 트레이드마크 같은 것이었다. 엄마는 그 매운 김치를 칼국수에 얹어 정신없이 들이켰다. 나는 김치 한 번, 국수 한 젓갈의 순서를 지키며 두 음식이 섞이지 않도록 최대한 주의를 기울여 먹으려 했다.

어린 시절 나는 유난히 까다로운 입버릇 때문에 엄마한테 혼나는 일이 많았다. 가장 골치 아픈 버릇은 밥과 반찬을 한입에 넣지 않는 것이었다. 두 가지 이상의 음식이 입 안에서 섞이는 것을 참을 수가 없어서, 어떤 음식이든 한 입에 그 맛을 온전히 다 보고 식도로 넘겨야만 다음 한 입을 대는 습관을 갖고 있었던 것이다. 깨작대는 듯한 모습이 보기에 답답할 뿐 아니라, 한 끼에 최소 40분 이상 걸리는 어마어마한 식습관이었기에 얼른 밥상을 물리고 정리를 해야 하는 엄마에게는 성가시기 짝이 없는 일이었다. 이 버릇은 무려 20대 후반, 밥 먹을 시간도 없이 바빴던 대행사 시절을 보내고서야 고칠 수 있었다. 그런데 이 칼국숫집의 매운 마늘겉절이는 혀를 통째로 마비시키는 강력함으로, 이거 한 숟갈 저거 한 젓갈의 순서를 망각하게 만드는 효과가 있었다. 그래서 나도 이때만은 엄마와 같은 속도로 식사를 마칠 수 있었다. 엄마의 확실한 취향과 딸의 까다로운 입맛이 화해할 수 있는 유일한 국수, 명동칼국수의 위력은 그런 것이었다.

며칠 전 엄마에게 물었다.

"엄마 원래 국수 안 좋아하잖아요. 명동칼국수는 뭐가 좋았어?"

"국물이 닭 육수였거든. 지금은 좀 국물 맛이 달라진 것도 같은데, 그때만 해도 닭을 한 번 볶아서 진하게 국물을 내니까 어쩌다 닭다리나 날개 같은 게 국물에 들어 있을 때가 있거든. 없이 사는 때니까 딸려 나온 닭고기를 먹으면 운이 좋은 것 같고, 먹는 재미가 있었지."

"그게 다였어?"

"어. 그런 거지 뭐."

국물에 딸려 나온 닭다리의 유혹. 엄마가 유일하게 사랑한 국수의 사연은 허탈하도록 소박했다.

나는 가끔 생각한다. 그날의 국수는 엄마에게 어떤 의미였을까? 젊은 나이에 세 남매의 엄마가 되고 종갓집의 며느리가 된 엄마였다. 칠순이 되도록 장사에서 손을 놓지 않았던 할머니는 살림을 하는 분이 아니었기에 엄마는 결혼과 동시에 이 낯선 입맛과 무뚝뚝한 성품을 가진 식구들의 뒷바라지를 온전히 떠맡아야 했다. 정말 어쩌다 늘 입던 몸뻬나 아빠의 작업복을 수선한 바지 대신 외출복을 차려입고 어린 두 딸을 대동하여 명동에 갔던 엄마. 백화점에서 살 물건이나 있었을까? 나는 백화점이라는 곳이 물건을 구경할 뿐 아니라 살 수도 있는 곳이란 사실을 꽤나 자란 후에야 알게 되었다. 엄마가 물건을 사는 곳은 흥정을 할 수 있는 거리의 가게뿐이었다. 그래서 사람들로 복작대는 거리를 좀 돌아다니고, 칼국수를 먹고 나면 그날의 일정은 끝이었다.

이 잠깐의 화려한 외출, 정말 어쩌다 내게 약속한 그 외출도 엄마는 종종 '빵꾸'를 냈다. 잔뜩 피곤한 얼굴로 명동은 다음에 가자고 말하는 엄마에게 나는 매몰차게 쏘아붙였다.

"지키지도 못할 약속을 왜 해? 엄마는 딸한테 한 약속도 안 지켜?"

30여 년을 건너뛰어 내 눈을 똑바로 쳐다보며 항의하는 어린 내 아들의 눈 속에서 다시 그날의 나를 본다. 아, 이런…. 환생의 기억처럼 겹치는 이 익숙한 장면은 내가 엄마에게 해댔던 짓거리고, 내가 어린 아들에게 추궁 당하는 모습이다. 온갖 잡다한 일상에 치인 엄마의 처진 어깨를, 매몰찬 딸내미는 제대로 보려 하지 않았다. '나는 이 담에 커서 엄마처럼 식구들 뒤치다꺼리나 하며 살지는 않으리라.' 입을 앙다물고 다짐했을 뿐. 그러나 엄마의 아이도 결국 엄마가 된다. 나도 엄마가 되었다. 그리고 내 아이는 다시 반면교사와 측은한 동정의 대상이며 맹목적 애정의 주체인 엄마(나)를 본다.

아들에게 '어딘가에 가자'고 말할 때마다 나는 엄마가 하던 푸념을 떠올렸다.

"아이고, 내가 너한테는 무서워서 무슨 약속을 못하겠다."

나도 아이와 한 약속들을 때로는 무성의하게, 때로는 어쩔 수 없이 어겼다. 쏟아지는 약속들, 청소와 설거지, 끝도 없는 회의, 산더미 같은 빨래, 야근, 학부모회의… 이 모든 약속의 홍수 속에 나는 아이와의 약속을 덜 중요하고 더 피곤한 의무로 제쳐두기 일쑤였다. 약속을 지키라며 따지는 아이. 그 아이는 나였고, 내 아들이다. 추궁 당하는 피곤한 엄마는 나의 엄마였고, 또 나다.

생선과 채소를 좋아했던 엄마와 고기와 국수를 사랑했던 딸의 식성은, 이제 나름의 조화를 이룬다. 엄마는 할머니의 전매특허였던 김치말이국수를 달인처럼 말아내는 경지에 이르렀고, 딸은 홍어회와 대구지리를 없어서 못 먹는 지경에 이르렀으니. 여전히 해대는 사람은 엄마고 나는 받아먹는 입이지만, 가끔, 아주 가끔 나는 엄마가 좋아하는 해물을 사드릴 수 있는 성인이 되었다. 그리고 이제 우리는 결혼으로 이룬 가족 안에서 여전히 비주류인 존재의 서글픈 입맛과 고달픈 일상을 이해하는 동지들이다. 엄마, 엄마의 아이, 아이의 아이, 다시 그 아이의 아이로 이어지는 끈, 국숫발처럼 끊어질 듯 또 이어지는 인연의 끈으로 묶인 모녀라는 동지.

> 자식이 끈이더라는 말을 친구로부터 들은 적이 있어요.
> 남편과 자신을 이어주는 끈일 뿐 아니라 세상과 이어주는 끈이 되더라는 말을요…
> 그러고 보니 국숫발이 모양으로만 보면 끈 같기도 하네요.
> 가늘고 기다란 게 하얀 운동화끈 같기도…
> 혹 당신이 뽑아낸 국숫발들은 끈이 아니었을까요.
>
> – 김숨, 〈국수〉 中에서

왜 하필 국수냐면

국수는 만만한 녀석이다. 밥은 필연적으로 여자들에게 노동을 상징한다. 밥, 나만을 위한 밥, 혹은 누군가가 해주는 밥이라는 것은 대부분 여자들에게 밥을 책임질 더 나이든 여자가 존재하는 어릴 적을 제외하고는 경험하기 힘든 사치다. 고생스러운 한 끼의 노동, 먹기 위해, 먹이기 위해 기꺼이 감내하는 수고의 무게가 밥에는 담겨 있다. 쌀을 불리고 반찬을 만들고 국을 끓이고, 반찬 그릇과 밥공기와 국 사발을 준비하여 상에 차려내고 다시 온 식구가 밥상을 떠난 후에도 그치지 않는 일련의 노동들을 생각해보자. 그러니까 국수는 밥보다 여러모로 만만한 존재다.

생각건대 내가 하든 남이 하든 가장 수고를 더는 간단한 한 끼, 고래로 널리 알려진 패스트푸드이면서 함께 나누기에 부족함이 없는 한 끼가 국수다. 온 식구를 거둬 먹이기 위한 고단한 수고가 뒤따르는 희생과 노동의 한 끼가 아니라 그냥 피곤하고 배고픈 나를 위한 온전한 한 끼가 국수일 수 있다는 생각이, 할머니의 간장국수를 떠올리다 문득 들었다.

오이 한 쪽, 달걀 고명 한 가락, 심지어 국물 한 방울 없이 민망한 맨얼굴의 삶은 국수 타래에 간장 한 숟가락을 척 얹은 국수 한 그릇. 아무도 없는 오후, 투정 많은 손녀를 돌보다 밥때를 놓친 할머니가 부엌에서서 혼자 드시던 초라한 국수 한 그릇의 의미를 나는 40여 년이 지난 이제야 배우고 있다. 그러나 이해하는 것을 넘어 내가 그 맛을 즐길 수 있는 날이 올까? 가장 좋은 것, 맛있는 것, 내 시간의 대부분을 사랑하는 이들에게 내어주고 간장 한 술 얹은 국수 한 그릇으로 나를 대접하는 삶. 그러고도 부족함이 없어 보이던 그녀의 속내를 듣고 싶다.

국수는 또 밥만큼 친숙하지만 밥보다 극적인 음식이다. 다큐멘터리 〈누들로드〉가 방영된 이후 국수에 대한 관심이 높아지고, 분식집의 곁다리 메뉴 정도로 취급되던 국수가 국수전문점이라는 타이틀을 달고 외식업계의 강자로 떠오르고 있다. 적어도 4,000년 전 중앙아시아 어딘가 혹은 중국에서 출현했다는 이 유서 깊은 음식이 이제야 주목받는 것은 뒤늦은 발견인 것도 같다. 국수의 기원을 쫓는 것은 농경의 기원, 나아가 문명의 기원을 쫓는 것만큼이나 흥미진진한 역사 탐험이고, 국수의 대중화를 파헤치다 보면 동서양 최초의 도시화 현장을 목격하게 된다.

국수는 전쟁과 가난을 딛고 일어서게 해준 구원의 음식이기도 하다. 평양냉면, 부산 밀면, 구포국수처럼 오늘날 한국의 대표적인 국수들은 전쟁으로 고향을 잃고 낯선 땅에서 힘겹게 살아남아야 했던 난민들의 뼈아픈 향수에서 비롯되었거나 전후의 빈곤을 버텨낼 싸고 푸짐한 대용식으로 자리 잡은 음식이다. 가늘지만 길게 이어지는 국숫발의 힘은 환란과 궁핍의 시기에 더욱 빛을 발했다. 이렇게 사연 많은 국수를 세상에서 가장 예리한 안테나를 지닌 시인들이 놓쳤을 리 없다. 이 글을 쓰며 국수가 가진 서민적인 정서와 가난한 시절의 환기를 아름답게 승화시킨 작품들을 만난 것은 또 하나의 소중한 발견이었다.

무엇보다 국수는 예로부터 인생의 가장 중요한 순간을 위한 음식, 나누기 위한 음식, 함께하기 위한 음식이었다. 결혼식의 접대 음식이자 장수를 기원하는 생일상에, 마을 전체가 북적대는 잔칫상에 오르는 음식이 국수 아닌가. 그러니 괜찮지 못해 숨고 싶은, 끝없는 도피욕구에 시달리던 내가 다시 과거의 소중한 인연과 빛나는 성찰의 순간을 떠올리고 긍정하게 만들어준 매개체가 국수였던 것은 우연이 아니다. 생각해보니 나는 가족을 제외하고 가장 많이 국수를 같이 먹은 남자와 결혼했다. 이 얇은 국숫발의 인연이 이리 길고 끈덕지게 이어질 줄이야.

여하튼 나는 국수로 추억하고, 국수로 공부하고, 국수로 명상하고, 국수로 치유하는 여인이 되어가고 있다. 이러다 국수로 점도 치는 지경에 이를지 모르겠다. 뭐든 자신을 생각의 길로 이르게 하는 존재가 있다는 것은 고마운 일이다. 그게 종교나 음악이나 영화 같은 멋진 주제들이 아니라 어이없게도 국수였기에 이 글을 시작하게 되었다.

　내가 글을 쓰는 것이 아니라 글이 나를 이끌어 알 수 없는 길로 향하게 할 거라고, 이제는 내 안에 사는 고마운 분이 말씀하셨다. 내가 국수를 쓴 것이 아니라 국수가 나를 이끌어 잊고 있던 것들을 다시 찾게 했다. 내가 가진 것이 무엇인지 깨닫게 해주었다. 그 상실과 회복의 여정에서 줄곧 나를 격려하고 에너지를 충전시켜 준 나의 면식 동지들, 변화경영연구소의 동료와 선배들, 그리고 부족한 필자에게 기회를 준 비아북 식구들에게 감사의 마음을 전하고 싶다. 그리고 책이 나오길 나보다 고대해준 소중한 두 아들과 남편에게 감사와 사랑을 전한다. 마지막으로 내게 면식수행자의 유전자를 물려주고 이토록 애틋한 국수와의 추억을 만들어준 나의 부모님, 그리고 세상에서 가장 쿨 했던 나의 할머니, 사랑합니다!

　지금까지 다져온 세계를 뒤로 하고 새로운 출발을 하려는 사람들에게, 그리고 다시 일어날 힘을 끌어모으기 위한 인생의 동면기에 들어선 사람들에게 이 책이 따뜻한 국수 한 그릇의 위로를 전할 수 있길 바란다.

참고문헌

국립민속박물관 편, 〈한국세시풍속사전〉,《한국민속대백과사전》

김미영,《대한민국 누들로드》, 브레인스토어, 2011.

김숨,《국수》, 창비, 2014.

김찬별,《한국음식, 그 맛있는 탄생》, 로크미디어, 2008.

마귈론 투생-사마,《먹거리의 역사(상), (하)》, 까치글방, 2002.

뮈리엘 바르베리,《맛》, 민음사, 2011.

박정배,《음식강산②》, 한길사, 2013.

박찬일,《추억의 절반은 맛이다》, 푸른숲, 2012.

박훈하 외,《부산의 음식, 생성과 변화》, 부산발전연구원, 2010.

성석제,《소풍》, 창비, 2006.

소래섭,《백석의 맛》, 프로네시스, 2009.

양세욱,《짜장면뎐》, 프로네시스, 2009.

오카다 데쓰,《국수와 빵의 문화사》, 뿌리와이파리, 2006.

요네하라 마리, 《미식견문록》, 마음산책, 2009.

웅진닷컴 편집부 엮음, 《소문난 국수집》, 웅진지식하우스, 2003.

유승훈, 《부산은 넓다》, 글항아리, 2013.

이상국, 《국수가 먹고 싶다》, 지만지, 2012.

이욱정, 《누들 로드》, 예담, 2009.

장 앙텔므 브리야 사바랭, 《브리야 사바랭의 미식 예찬》, 르네상스, 2004.

주영하, 《차폰, 잔폰, 짬뽕》, 사계절, 2009.

크리스토프 나이트하르트, 《누들》, 시공사, 2007.

하인리히 E. 야콥, 《빵의 역사》, 우물이있는집, 2002.

한복진, 《우리가 정말 알아야 할 우리 음식 백가지》, 현암사, 2005.

한창훈, 《내 술상 위의 자산어보》, 문학동네, 2014.

허영만, 《식객 19-국수 완전정복》, 김영사, 2008.

허영만, 《식객 27-팔도 냉면 여행기》, 김영사, 2010.

어이없게도
국수

지은이 | 강종희

초판 1쇄 인쇄일 2014년 12월 10일
초판 1쇄 발행일 2014년 12월 19일

발행인 | 한상준
기획 | 임병희
편집 | 김민정 · 이경민 · 이현령
디자인 | 조경규 · 이승은
종이 | 화인페이퍼
인쇄 · 제본 | 영신사

발행처 | 비아북(ViaBook Publisher)
출판등록 | 제313-2007-218호(2007년 11월 2일)
주소 | 서울시 마포구 연남동 567-40 2층
전화 | 02-334-6123 팩스 | 02-334-6126 전자우편 | crm@viabook.kr
홈페이지 | viabook.kr

ⓒ 강종희, 2014
ISBN 978-89-93642-92-6 03800

★ 돌발 퀴즈 정답

메밀국수